KB010358

문학과지성 시인선 303

교우록

유종인 시집

문학과지성사

문학과지성사에서 펴낸 유종인의 시집

아껴 먹는 슬픔(2001)

문학과지성 시인선 303

교우록

펴낸날 / 2005년 7월 22일

지은이 / 유종인

펴낸이 / 채호기

펴낸곳 / (주)**문학과지성사**

등록번호 / 제10-918호(1993. 12. 16)

서울 마포구 서교동 395-2(121-840)

편집 / 338)7224~5 FAX 323)4180

영업 / 338)7222~3 FAX 338)7221

홈페이지 / www.moonji.com

ISBN 89-320-1619-4

* 지은이는 2005년 한국문화예술진흥원이 지원한 창작지원금을 수혜했습니다.

문학과지성 시인선 303

교우록

유종인

2005

시인의 말

가뭇없이 피고 지는 꽃들,
봄이 지난 꽃나무 밑에서
손으로 얼굴을 쓰다듬어본다.
조금씩 내어주는 손을 가져봐야겠다.

2005년 초여름
유종인

교우록

차례

제2부

제3부

제4부

제1부

벼루를 깎다
— 石癡 鄭喆祚*를 그리며

오래된 신문지에 먹물 든 글자들이 흘러갔다
새 잎에 묵은 가지다,
改漆하지 마라! 이르던 아버지는
中風 하나를 얻어 萬病을 회진하며 가셨다

무덤 가의 보랏빛 붓꽃만 봐도
아무 돌이나 깎아 벼루로 삼던 당신도
서슴없이 먼 할아버지로 돌아가셨다

턱밑에 난 칼자국도 쇠붓의 장난인가
움푹해진 흉터의 살은
언젠가 낙숫물 듣던 처마 그늘의 흙과
한데 겹쳐진 듯 파였다

오랜만에 본 친구가 옛일을 부풀릴 때,
내 얼굴에도 쓸쓸한 웃음이 파였다
모두에게 가려고 나는 나를 깎아왔는데

* 정철조(鄭喆祚, 1730~1781): 벼루를 잘 깎기로 이름남. 호는 석치. 문과 급제 정언(正言, 조선시대 사간원 소속의 정6품 벼슬)을 지냄.

흐린 날의 花鳥圖

인도 옆 화단에 두 그루 홍매화 피었다
낯선 산까치가 내려앉아
꽃잎을 부리로 헤집으며 꽃술을 쫀다
꽃을 괴롭히고 있다

처음 보는 산까치다
처음 보는 매화꽃이다
산까치가 매화나무에 발을 묶자
매화꽃은 새의 몸으로 흔들렸다

꽃보다 먼저 휘청대는 홍매화 가지가
허공에 몇 자 써보겠다는 듯
손사래를 치며 흔들렸다
지휘라기엔 감정선이 너무 단조로웠으나

주워 담을 수도 없으면서
향기보다 멀리 갈까 두려운 홍매화 가지가
산까치를 허공에 퉁겨내려 애쓰고

산까치는 저보다 움직임이 잦아진
홍매화 가지를 악착같이 붙잡느라
깍깍, 중심 잡는 소릴 질러댄다

홍매화는
차라리 새를 괴롭히듯
산까치 머리에 쇠뿔로 피어
누구든 들이받는 꽃이고 싶은데

떠도는 산수화

낡은 고물상 트럭 짐칸에
산수화 액자 하나 실려 있네
곰팡이가
기러기떼 나는 가을 하늘까지 피어 있네
궁금한 듯 봄 햇살이 들여다보네

고봉밥처럼 꾹꾹 눌러 담긴 산들이 있고
산자락에 자루 부러진 숟갈처럼
초가 몇 채가 꽂혀 있네 주저앉히면
草墳으로 쓸 만한 뫼자리라네
낫처럼 굽은 노인네가 지팡이 하나를 기둥 삼자
그 안에서 두꺼비 한 마리 비를 피하네

강가로 드는 거룻배 향해
삽살개가 물 묻은 저녁 빛으로 괜히 짖어대고
봄 햇살이 유리 속 단풍과 만나 말없이 속삭이네
열흘 붉은 꽃, 단풍만이 산 빛을 오래 지켜주네
지폐 몇 장 오가지 않는 곳이라

독을 품고는 들어갈 수가 없네

이발소 그림으로도 떼어져
창고의 어둠 속에 나뒹굴 옛날 하나가
봄날의 햇살을 가을빛으로 온통 포식하고 있네

棺

수동의 하늘색 타자기는
뚜껑이 닫혀 있다

먼지를 뒤집어쓴 채
더 이상 청남색 活字를 찍어내지 못한다

誤打가 나도 좋은 그리움을
손가락이 떨리도록
찍어대던 저물녘이 있었다

모음과 자음의 한 음절마다
새벽의 副木이 생기던 마음자리엔
누렇게 바랜 갱지만 남았다

쓰고 지우기엔 너무 먼 길
슬픔의 音節 하나 못 맺어주고
괴발개발 걸어왔으나,

이 生이 내게 물려준 대로 다 찍기엔
가시 같은 말들이 너무 많았다

마침표 곁에
싹을 틔우고 있는 쉼표들,
그 사내의 마지막 쉼표를 묻고 온 비 오는 날
바지엔 유언처럼 붉은 진흙이 묻어 있다

돌아보면, 문이 쾅! 닫혔다

그 옛날의 봄은

그 옛날에 나는 겨울을 다 몰아내지 못하는 아이였기에
내 잘못은
꽃나무 아래 매 맞는 아이처럼
겨울의 때를 마저 벗겨야 하는
버짐 가득한 얼음 덩어리였다

이제 갈 때가 됐지, 이제 올 때가 됐어
죽은 살구나무 아래서 한참을 매 맞은 기분으로
텅 빈 집 바라봤다 목마른 때 얼룩으로 번져나간
손등에서도 희미한 빛이 저녁의 얼굴을 더듬었다
그 옛날에 나는 수염이 가득한 어린아이였으나
어머니가 데리고 온 봄은 너무 추웠다
속옷바람의 당신이
삭정이가 널린 묵정밭에 바람개비처럼 날 세워두셨다

아침에 꽃 핀 것 보면

밤에 누군가 소리 없이 땅에 뭇매를 놓고 간 건 아닐까
그 옛날에 아이는 꽃나무 여기저기에 맺힌 피멍울들을
눈석임물 홍건한 문장으로 읽어내곤 하였다

공터의 벚나무들

老人들, 공터 벤치에 삼삼오오 앉아 있다
가두지 않아도 감옥은
얼마든지 생긴다 노인들은 달아나지 않는다
햇살과 오후의 바람, 낡은 비유 같은 농담이
그들의 오랜 看守였다 하루하루 더 좁아지는 감옥에
들어앉아 버려진 빨대보다 가는 숨길을
허공에게 물려본다 노인은

발치에 내려앉는 먼 청춘 같은 새들의
부리에서 불의 기억을 떠올릴 수 있을까
그때 불을 토하던 가슴의 화덕에서 환하게
등불을 켜던 나무들, 겨울의 시름이 사라질 무렵
늙음보다 환하게 검버섯 핀 손보다 서둘러
등불을 켜던 나무들이
얼마 전 공터를 다녀갔다 벚꽃나무에 겹쳐졌다

피난민처럼 사라진 사람들,
무엇 하나 걸칠 것 없는 모래의 나라에서

온 사람들이 공터 둘레를 환하게 밝혀놓고는
알몸의 깊은 껍질을 가지마다 걸어놓고는
몇 날 며칠을 벚나무 여인숙에 묵다가 사라졌다
그때 노인들은 아무 데도 없었다 모두
피끓는 청년들로 돌아가 있었다 눈빛이
개들의 前生까지 꿰뚫어 주접 든 개들은 슬금슬금
피했다
화사한 벚꽃 피난민들이 떠난 뒤

다시 노인들 하나 둘 벤치에 굽은 등을 기댔다
나무 그늘에
수많은 이쑤시개들이 흩어져 있었다 새들은
부리 대신 이쑤시개로 먹이를 쪼았을까
노인들은 텅 빈 비밀처럼 말이 없거나 화가 나 있
었다
꽃이 너무 화사했으나, 그건 지나쳐진 일이다

계산법

빈 담뱃갑은 비틀어져 있다
곯아떨어진 탕아처럼 재떨이엔
꽁초들이 재 속에 코를 박고 있다
여기저기 불을 붙이러 다닌 성냥개비도
결국 재 곁에 누워 있다

손이 심심하고 궁금할 때마다
하나를 잃어버리면 두 개 세 개가 생겨난다
문밖에 영산홍 꽃밭도 다 무너졌지만
허공을 엳은 향기로 暗算하고 간 흔적 누가 보았는가
그 꽃 무너진 자리를
잎사귀들이 어긋나기와 돌려나기로 셈하며
잎눈을 틔운다 오래 궁금하기에 生은
귀가 커지고 소리 지독한 綠陰에
한철 경매꾼처럼 매미들이 시끄럽게 흥정을 붙인다
어디서부터 다시 물들일 것인가 어디다가
이 풋내를 조금 내다 팔 것인가 늦둥이처럼 안겨오는
새벽이슬은 하나에 하나를 더해도 더 큰 하나!

잎새마다 저울이 생기는 가을날 누구는
저렇듯 제 생을 저울질했을까

담뱃갑은 여전히 비틀린 채 버려져 있다
쭉정이는 오래 부풀어 있었다 자식들은 모두
세상에 곯아떨어져 있다 잠든 동안에도
그대와 내가 조금씩 머리맡에 재를 떨군다
들숨 날숨 서로 한 세월의 주판알 굴리며
해와 달을 올렸다 내렸다 어느 날 비바람이
눈발 오기 전에 주욱 우리들의 슬픈 셈들을 橫으로
그어줄 것이다 다시 마음에 날이 설 것이다

천도복숭아

오래돼 쭈글쭈글해진 복숭아를 비 오는 창문턱에 앉아 베어 문다 풋것이 벌써 합죽이처럼 늙었다 늙어서야 죽음이 얼마나 젊어 뵈는지 눈에 선한데, 遷度! 천도복숭아 백 개도 채 못 먹고 간 어머니, 마른 엉덩이에 욕창 구멍이 붉게 뚫렸다 天桃 서너 알은 족히 집어넣어도 될까 그 가늘고 긴 신음에 매달려 주접 든 복숭아 이파리 같은 내 기억은 열매보다 먼저 시들어버렸다 시들 일이 아예 시들해졌을 때 천도 빛깔 속으로 숨은 어머니 욕창 냄새, 눈을 감으면 복숭아 씨 속에서 나온 벌레가 어머니를 마저 갉아먹기 시작했다 屍汁을 내며 제 몸을 돌아다닌 쓴맛이 단 果肉의 속을 강처럼 돌아다니기 시작했다 아, 내 안의 그 많은 복숭아벌레들

한 번 떨어지면 한 번 매달렸던 일이 생긴 이승 과수원에서 너도나도 처음은 그렇게 단단히 맺혔단다 죽을 줄도 살 줄도 모르고 어설픈 풋것으로 맺혀왔다 무덤 속 어머니, 복사뼈 속에 피리 구멍이 나는 시간, 아들은 흙모래 잔뜩 뒤집어쓴 滿醉의 개복숭아 한 알

이 되어 새벽녘 집으로 굴러 들어온다 검붉은 마음의
껍질 속으로 모래알이 점점 박혀든다

어떤 독서

읽어보라고 던져준 책을 아이는
먹이처럼 물어뜯는다 침을 흘리며
침을 묻힌다 어서 맛난 음식이 되라는 듯
여기저기 침을 묻혀가며 핥고 잘근잘근 씹어
수십 개의 이빨 자국을 박아 넣는다
이런, 그것은 책 읽는 게 아니다 책은
눈으로 머리로 가슴으로 뭉클하게 하는 것,
하지만 아이는 거미줄처럼 침을 묻혀서
부드러운 먹이처럼 만들려 한다 이내
책장을 찢고 뜯어낸다 뜯어서 방 안의
답답한 공기에게도 주고 먼지와 머리카락에게도
준다 그냥 내버려둔다 글자란 글자들은
모두 사생아처럼 버려지고 처음부터 없는
글자들은 아무것도 품은 게 없다는 듯
사지가 찢긴 그림들도 이내 숨소리 잠잠하다
구겨지고 찢긴 발가벗겨진 책은 그러나
한바탕 일을 치르고 온 사람의 행색으로
행복하다 행복하지 않아도

숨통이 트여온 길을 온몸에 구겨 넣은 채
물리고 뜯기고 핥아진 아이의 책은
처음부터 들숨 날숨의 계절이
오는 걸 미처 몰랐다

눈을 버린 아이가 사랑을 더듬고 있다

등나무 아래서

등꽃이 피었기에
보랏빛을 보았네

진보라 꽃 빛깔을 어디서 타 가지고 오는지
등나무가
동아줄 같은 줄기로 줄다리기해 가져오는지
땅속엔 여전히
향기롭게 끌어다 쓸 게 헤아릴 수 없는지

등나무 굵은 줄기는
제 꽃그늘 아래 새끼를 꼬고 있네
왼새끼로 꼴까 오른새끼로 꼴까
향기가 풀려나간 허공엔 자국 하나 안 남고
내 마음만 꼬여 잘 풀리지 않네

오월 하늘 아래
보랏빛 등꽃에만 모아진 눈길인데
햇빛에 쐰 등나무 그림자 계단에 앉아 있네

보랏빛도 초록빛도 한 그림자 빛깔을 쓰네
色에 물든 마음만 근심스런 그늘이네

가족

물 마른 시냇가 둑 위에
능수버들 한 그루 서 있네

물을 놓친 냇가의 돌들은
허옇게 분칠을 하고 누웠네
脫水가 심한 돌들은
누렇게 뜬 버들잎이나 덮고 자야 하네

한 주먹도 안 되는 잎새들을
우듬지부터 훑어 내려온 버드나무 가지들
이리저리 흔들리는 포물선만 남았네
잎새를 달고 떨어져 나간 가지도 있다지만
바람의 방향보다 먼저 마음의 방향이
흔들리곤 했네

이미 마른 진흙 속에 박힌 이파리 하나,
돌 틈의 수정처럼 단단한 얼음의
棺 속에 누운 이파리 둘,

바보여뀌와 뒤엉킨 이파리 셋,
죽은 개 턱뼈 위에 물려 있는 이파리 넷,
허리 구부리고 벌판에 나선 노인네
허연 머리칼 속에 막 꽂히는 이파리 다섯,
그리고 나머지는 행간을 알 수 없는
바람의 집에 머무네

어떤 피

오래된 욕실 천장 모서리의
합판에 박혀 있는 작은 못 한 개,
못대가리가 흐려지듯
녹물을 지리고 있다

합판 속에 박힌 못의 아랫도리가
빠져나오지 못하게
못대가리는 벗을 수 없는 모자, 언제라도
들어낼 수 없는 맨홀 뚜껑 같다

피 흘리는 입을 싹 씻고
씨익 웃을 수 있을 때는
바다도 몇억 년쯤 넘실대는 파도 심한 합판이라고
섬들은 그 푸른 못대가리를 낮추며
뱃길을 열었을까마는

천장에 박혀 있는 작은 못 하나!
끝내 떨어지지 않게, 떨어져서는 안 되는

합판이 천장이 아닌 바닥이 되게
못은 헐거워지는 제 아랫도리로 자꾸
쓰린 녹물을 흘려 메웠던 게 아닐까

양팔을 내려 박힌 십자가 끝이
자꾸 흐려 보인다

모자

그의 모자가 그를 장식하지 않은 지 오래다
그의 머리가 가졌던 생각의 일부를
그의 모자가 주워 담고 있다고 하기엔
그의 손은 줏대 없고 분주하다
그의 모자, 그의 머리카락 성긴 정수리 부근에
묵은 그늘을 드리우고 있는

그의 모자는
그의 습관과 푸념에 버릇처럼 닳아왔다

그가 죽자, 그의 모자는
변심할 사이도 없이 버려졌다
한번 뒤집어진 모자 속으로 나뭇잎과 흙먼지가 들고
심지어 콘돔과 가짜 상품권이 담겨졌다
누가 물어보면 저것은 덮개의 과거를 청산하고
입구가 넓은 자루처럼 다물어지지 않는 꽃처럼

늙어봐야 안다, 늦겨울날 온몸으로 번진

흰 털모자를 쓰고 北國으로 가는 새떼들이 있다

몇몇 상한 털모자의 철새들은

텃새의 땅에 남아 죽어갔다

저수지에 빠진 의자

낡고 다리가 부러진 나무 의자가
저수지 푸른 물속에 빠져 있었다
평생 누군가의 뒷모습만 보아온 날들을
살얼음 끼는 물속에 헹궈버리고 싶었다

다리를 부러뜨려서
온몸을 물속에 던졌던 것이다
물속에라도 누워 뒷모습을 챙기고 싶었다

의자가 물속에 든 날부터
물들도 제 가만한 흐름으로
등을 기대며 앉기 시작했다
물은 누워서 흐르는 게 아니라
제 깊이만큼의 침묵으로 출렁이며
서서 흐르고 있었다

허리 아픈 물줄기가 등받이에 기대자
물수제비를 뜨던 하늘이

슬몃 건너편 산 그림자를 앉히기 시작했다

제 울음에 기댈 수밖에 없는
다리가 부러진 의자에
둥지인 양 물고기들이 서서히 모여들었다

살구나무와 저수지

맨몸의 살구나무 한 그루
저수지 근처 선술집 앞마당에 나와 있다
눈보라 치는 한낮, 가지 한 켠에
전구가 나간 청사초롱을 걸고
누군가 마중 나가는 사람처럼
그러나 몇 걸음이면 저수지에 빠질 것이다

가만히 휘돌면서 물기둥을 옮기는
물속의 방에는 깊을수록 어둠에 눈멀어가는
늙은 嬰兒 같은 물고기들 살 거다, 떠올린 순간
살구나무는 비바람에 청사초롱을
버릴 수가 없었다

수많은 벚꽃잎이
비늘들로 길과 수면을 덮을 때,
털어지지 않는 은빛 꽃잎을 온몸에 두르고
물속을 떠도는 살구나무가 있다

언 땅에 발이 묶인 살구나무 대신
출렁거리는 물의 화석에 박혀 있는 물고기들은
늦봄 통통하게 매달렸던 살구들 대신
얼어붙는 지느러미를 다리 삼아 나무를 타고플까

건너편 산 그림자 짙어진다
새삼 얼음 뚜껑이 하얗게 덮이고
청사초롱 빈 등불만 들고 선 살구나무,
첨벙대며 물속에 들어가다 놀란 왜가리들이
이번엔 다시 허공 속으로 뛰어든다

꿈에 살구나무 줄기 가지마다 하얗게 눈길이 난다

가시

손바닥선인장엔
골고다의 예수보다 훨씬 많은
바늘 같은 못들이 손에 박혀 있다

떨어져버리는 잎새들의 환란을
저처럼 작고 뾰족하게 벼려놓았다
잎새가 드리우던 그늘 대신
겨우 손바닥 위에
바늘 그림자 촘촘히 떠놓는다

바늘로 햇살을 떠먹는 가시 숟가락들,
사막의 식사는, 햇빛에 인색해야 한다
바늘 몇 쌈을 뒤집어쓴 손바닥 안에
바늘 허리는 뿌리처럼 숨겨두었다

햇살마저 그림자 바늘을 토한다
어떤 손길도 잘 닿지 않아
스치는 그림자마저 손잡아주지 않는구나

스스로 감옥에 갇힌 저 늙은 초록들,
바늘을 한 움큼 삼킨 사내의 목소리나
들어보고 싶구나

아니, 무수한 바늘을 품고도
仙人의 掌은 스스로
손끝 하나 긁히거나 찔리는 법이 없다
그림자조차 남기는 법 없는
궁금한 바람조차 푸른 손뼉 소리나 듣자고
신선의 손목을 건듯 흔들고 지나간다

대못

점점 단단해지는 뻘흙 속에서
가슴을 찌르면 심장을 지나칠 만큼
크고 긴 붉은 대못이
갑자기 눈에 들어왔다

소금 창고는 앙상한 등골마저 주저앉히고
결박 짓듯 박고, 박아서, 박혔던
대못의 깊이는

허공에나 있는 거였다
허공이 어떤 상처의 흔적도 갖지 않겠다니!

대못은 홀아비좇으로나 땅에서 늙어 늙어갈 수밖에,
붉은 녹들의 거처가 꽃보다 귀하다니

동생들

네 살배기 딸애, 제가 돌 갓 지나 방바닥을 기어다니던 때의 사진을 집어들고 묻는다 이게 누구야, 연거푸 묻는다 자기더러 자기가 누구냐고 묻길래 너야, 네가 더 어렸을 적 사진이야 하면 자꾸 아니야, 동생이야 동생! 하고 막무가내 가르쳐준다 제 기억을 묻고 자라는 아이에게 그럴까 그럴 수도 있지 오래전 나는 나의 어린 동생이기도 했지

갑자기 창문 밖 펼치듯 열고, 나무며 새며 길이며 길 위의 신발이며 새삼 늙어가는 노인이며 모두 아직 꺼지지 않는 제 속의 동생들로 자신을 꾹꾹 눌러 담으며 형님 노릇을 한다 형만 한 아우가 없다지만 아우들을 즐거이 잡아먹고 있는 세상 모든 형들이 지금 다시 동생이 돼가는 중, 저 구름의 형은 아우의 비와 바다로 만들어진…… 참, 흘러간다 동생들아 여기 大兄인 모래 한 줌이 놀이터 다녀온 어린 신발 속에 잠들어 있구나

제2부

껍질의 길

어제 벗겨 먹은 귤 껍질이
방바닥에 뒹굴고 있다 쪼글쪼글
점점 더 말라가고 있다

틀니를 들어내면 합죽이가 되는 어머니를
오랜만에 꿈속에서 만났다 온갖 가재도구며
잡동사니를 내다 마당에서 태우신다
모두 껍질인 거라 살다 보면 껍질에 둘러싸여
알맹이 하나 찾는데 껍질이 태산 같구나
이놈의 태산을 또 태우는데 불의
껍질이 얼마나 기일게 연기를 피우는지
前生의 눈알까지 맵고 눈물의 껍질이 또 한 겹 벗겨
진다

어머니가 열매로 맺은 껍질, 나는
또 한 겹의 꿈에 싸여 어머니의 꿈을
까먹었지만, 되돌아보면 늘 껍질처럼 기일게
늘어나 있는 길들이 어떤 열매의 속을

향해 나아가고 있다는 것을
그 마지막 씨눈을 파먹고 날아오르는 하늘의
껍질인 새떼들

귤 껍질 속의 바다가 쪼글쪼글하게 마른
방바닥에 앉아 보면, 태산이
상수리 열매 하나를 감싸는 껍질로
날로 푸르러지고 있다는 것도

사나운 동네

십 몇 년 전에 여기를 스쳤지만, 거기는
이미 다른 얼굴이었네 버스에서 내리면
다시 열 몇 살 아이로 돌아갈 수 없었네
고요도 한낮의 옛 살결인 양 잠시 아득하고
누구도 이 동네의 햇살에 주먹질과 칼날이 숨었을
거라고
믿거나 믿지 않았네

제 상처 때문에 잠시 유순해진 짐승처럼
군데군데 병원들이 숨어 있었네 그 상처가 아물 동
안만
사람들은 제 상처를 돌볼 수 있었네 링거 병을 끌고
짐승의 옆구리에 기대듯 거친 털 같은 잔디밭에 앉아
바람 타는 담배만 목마르게 피워댔네

목청 깊이 그을음을 삭히는 한낮의 노래방을 지나
길게 이어진 불탄 상가들, 불길을 마시다
지쳐 토해낸 집기며 진열품들이 거뭇한 얼굴로

잠들어 있었네 다신 깨울 수 없는 것들이
하얗게 타는 햇살 아래 끄집어내졌네 불길은
아무것도 읽지 못하게 만들었네

오백 원짜리 동전 하나를 바꿀 때 그걸로
실내 야구를 한 판 해볼 때 몇 번의 눈길과
잠든 불길을 지나쳐야 했네 둘러봐도 그늘이 없었네
이 동네 사나운 그림자가 햇볕을 온몸에 바르고
여기저기 젊거나 늙은 여자들 가슴을 어루만지네
나는 처음이지만, 너 같은 사람은 흔해빠졌다 지나쳐
버리네 이곳에서 나 아이였다는 걸
누가 이 동네로 하여금 읽게 해줄 시간은
이 강팍한 동네와 아무렇지도 않게 어울렸지만,
누구도 홀리면서 산다는 걸 믿지 않네 그러나
내 마음보다 더 사나운 동네가 어딨겠는가

驛長의 가을

1

아무리 살아도 죽음은 닳아질 뿐이다 여름은
늘 냉가슴으로 가득 채운 열차 칸칸을
사람들에게 열어줬을 뿐인데, 열차와 승강장 사이가
너무 넓은 우리의 관계 사이로
앳된 학생이나 겉늙은 취객이 빠져 치여 죽기도 했다
죽음조차 너무 헐거워져 어떤 경악과 충격 속에도 시간은
레일 없이도 잘도 지나갔다 한숨 속에 이미 수만 채의
한여름 구름떼가 스러져갔다 늙은 역장의 가을날
하루는 역무실 뒤쪽 마당 칸나가 붉게 달아오르는
숨결을 자꾸 제 청춘의 좁은 단칸방으로 몰아가는 것이었으나
이내 바스락거리며 말라가는 넓은 잎사귀에서
미세한 틈이 보이기 시작했다 그 틈은 점점 넓어져 가서

갱년기의 아내가 말기 癌으로 먼 산에 가버리는 동안
그의 담배 연기에선 바위처럼 무거운 산들이 떠다니기도 했다
누구에게도 개찰할 수 없는 그리움은 역장의 금빛 帽標처럼
새삼 반짝였으나 가을빛은 아무리 닦아도 낡아 보였다
어디 가서 몸을 팔고 온 여자처럼 어딘가
순결이 빠진 세월에 건듯 한 발을 걸치고 미심쩍은 눈길의
엉덩이마저 미련처럼 뭉개두기도 했으나 역장의 눈빛은
아직도 모든 처음에 살았다고, 붉은 칸나가 시들고 거기
깃든 장난 심한 사마귀떼마저 흩어진 어느 저물녘
고구마처럼 굵은 球根 속에서 새삼 둥글어지는 마음을 보았다

2

종착역을 알았으나, 이미 그 시발역부터 길을 잃은 채
잠처럼 떠내려온 게 아닐까, 역장의 가을은
驛舍 상공을 떠도는 수천 마리 말잠자리떼의 환란으로
더욱 분주해지고 가난은 열차가 밟고 가는 돌멩이 속에도
숭숭 바람구멍을 뚫어버리는 적막!
잘린 칸나 대궁을 한데 모아 검은 枕木들 곁에서 태우면
저녁은 자꾸 개오동나무 뒤쪽으로 가 숨고 그 뒤에 먼지를
잔뜩 흔들어 모은 수양버들이 잠시 고개를 드는 듯 누가
여기다 나를 버렸어요, 누가 여기다 나를 살게 했어요!
저녁 바람에 흔들려오는 불빛이 새삼 솜털 같은 취

기를 부를 때

아내는 활활 타는 저 칸나 속에서 악다구니 살려달라 소리쳐

부른다, 제발 꽃처럼 피어나 당신을 안았으면 싶었다

유혹 없는 하루 이틀, 마지막 하루살이떼가 들끓는 어둠 속

역장의 가슴엔 회한으로 쓴 책들이 한 장 두 장 낙엽처럼

찢겨 불길 속으로, 숨은 내력은 아무것도 부르지 못한다

미처 도망치지 못한 갈색 버마재비 한 마리

어딘가 알을 뿌려놨겠지, 역장은 피를 토하며 스러지는

먼 노을이 달걀처럼 잦아지는 어둠을 오래오래 귀로

듣는다. 주름 가득한 이마를 일렁여보는 잠시 역장의

손에는 누구에게 줄 것인가 한 장의 오래된 사진이

기억의 빛, 그 꽃으로 웃었으나 마른 칸나 대궁으로 지핀

불길은 처음부터 알았다 제가 스러지며 품고 가야
할 사랑!
모든 마지막은 영원처럼 시작돼야 마땅하다는 것을
불타는 칸나의 입은 그때 벌어지기 시작했다 사진은
어둠처럼 먹히고 기억은 하얗게 바래 흩어졌다

3

역장의 가을은
돌아오는 길을 아주 떠나버리게 하는 길 위에
서는 거였다 제복을 벗고 바위처럼 무거운 모자를
환멸의 선반 위에 얹어두었다 먼지들이 벌써 천년
처럼
내려앉았다 가슴에 둔 붉은 칸나꽃이 숨은 뿌리도
캐내
마른 돌밭 위에 버렸다 털리고 싶어서 모든 것을 털
렸다

한눈 파는 것은 세상에 지는 거였지만 한눈을 팔고
깊어진 눈과 흰머리를 드러내고 가벼워진 몸엔 추억의 외투마저 걸쳤다
가서 돌아오지 않는 길, 누군가 따라온다면 그게
죽음을 무릅쓴다는 걸 각오하게 가을 전체로 다가온 몸을
가벼이 움직였다 붉고 푸른 깃발을 흔들어주던 플랫폼에서의
신호와 안전은 어디에도 없다 가는 길 가지 않으면 사라지는
구름과 바람의 生을 그는 온몸에 입고 마음에 덧칠 하나
하지 않은 채 모든 길들에게 인연을 걸었다 역장은 더 이상
수신호도 없이 마주치는 노인과 아이들에게 따뜻하고 아득한
미소를 날려줄 뿐이었다 역장의 가을은
어느 해에나 다가왔지만 그 계절은 중년의 그늘에서

피어나 시름의 얼굴을 살피기도 전에 말라죽은 칸나
뿌리로 남기도 했다
저 아득한 곳, 구름이 몸을 낮추는 곳에
역장의 미소가 햇살처럼 바람에 흩날리는 게 보였다

초가집 박물관*

초가집 지붕을 바꾼다
묵은 지붕 이엉은 두루마리처럼 돌돌 말려 내려온다

저 넓은 하늘도 심술이 나면
비바람을 휘갈기고
눈보라를 몰아쳐 쓰고
썼던 짚 두루마리 지붕이
곰삭아 내려온다

풋내가 번지는 새 짚 이엉을 도르르 펼치는
사내의 뒤꼭지만 봐도
그는 이승에서 半生을 족히 썼다
능청을 버무릴 줄 아는 不惑을 넘겼다

사람은 살지 않고
구경만 하는 草家는
내 生의 後妻인 양 지붕만 바꿨다

두 해 남짓 하늘의 調書를 받고 내려온 묵은 짚단에
쉬 불길을 댕길 수 없겠다
뒤란 마른 나무 그림자로 지긋이 눌러 놓았다

* 초가집 박물관: 경기 고양시 정발산 기슭 소재.

노을, 붙들렸다 가는 노을!

하루 취하기에는 초저녁부터 그렇더군
벌써 실패한 사랑이 찾아오더군
이쯤 세상의 문이란 문들은 모두
두근거리는 불안의 심장이더군!

흔들리지 않고서야 길이 가지를 치겠나
가지를 친 길목에
미친 듯 몸부림치는 버드나무 한 그루에
바람은 추운 굿춤을 추다 가더군

오늘 마음 주지 않은 당신은
어제 나를 버렸겠지만
내일 황토 봉분으로 우두커니 노을 앞에
남기도 남겠지만

가다가 뒤돌아보는 눈길이
너무 눈부셔
캄캄하게 저녁의 구멍만 커지는

당신도 하루마다 노을에게 목덜미를 잡히는
말하는 비석, 하루마다
碑文이 달라지는 가슴 나와 같다더군

寒蘭

눈 먼 雅趣,
외로 고개를 틀어 올렸다

耽羅 오름에 펼친 눈밭이
뜨겁게 사무쳐 오라

흔들리는 잎들의 바다,
뿌리 속에 흐르는
향기의 용암

문득 먼 데 눈길 간 노루
귓속에
향기의 솜털이 바르르 떨린다

천년이 이렇게 조용했지
수천 수만의 피울음이
한데서 꽃을 들었지

다 트여 오라, 다 흘러들겠다
저 바다 넘어가겠다

사거리의 토란잎

여우비가 지나갔겠다
햇살이 풋잠을 자고 일어나
연둣빛 슬리퍼에 하얀 맨발을 꿴 채
눈 비비며 사거리까지 걸어왔겠다
가리개 안 한 젖들이 가슴 골을 메우면서
살이 살을 만나는 슬픔이 풀잎 냄새로 번져왔겠다

길바닥에 주저앉은 술꾼의 눈빛에선
다 호령하지 못한 옛 上王의 분노가 여물처럼 씹히겠다
그의 등에 부려진 양버즘나무 그늘쯤이야
말매미가 맘놓고 팔아치울 수 있으렸다

소낙비에도 정신을 놓은 신호등과
사거리 허공 위로 뒤늦은 請牒처럼 떠가는 나비떼 아래
여학생과 마사지 걸과 양복쟁이, 궁시렁대는 白髮들
아, 저 젊은 목사의 아랫도리는 발기해 있지 않은가

저것도 앞 못보는 横斷의 큰 첫걸음이지

이것저것 다 놓치듯 건너준 뒤
적막한 사거리는 이제 십자가만 남았다
아이가 버리고 간 토란잎 하나만
해 저물도록 사거리 십자가를 못 내려왔다
車와 갖은 발길에 십자가 깊이 이겨 넣어질 때까지
사거리는 토란 잎 하나를 오래 건네주고 있겠다

화장실의 동백나무

신축 성당 화장실의 冬柏나무 화분이
서리 낀 창문 밖을 내다본다

하느님도 이승의 뒷간에서 똥 누고 기일게
물 내리는 소릴 들을 때가 좋았어 하늘엔
구린 뒷맛이 없으니, 하늘엔
화장지처럼 고운 살결 가진 종이도
물론 없을 거야

동백, 널 알아본 건, 네 꽃 주둥이, 아니
그 붉은 陰部의 입술 때문이지
모든 恥部가 어쩜 이 겨울에도 그리 아름답게
피어날 수 있겠니 유리창에 막혀
향기조차 팬터마임으로 번져갈 때

아, 코를 싸쥐고서라도 피어야겠다
냄새에 향기로 맞서는 네가
陰部를 꽃눈으로 바꾸었듯이

내 이마, 유리창에 부딪는 동박새처럼
저 십자가 가만히 피 흘리는 한 분의 이마에도
이천 년 전의 冬柏이 아직도 흐르고 있다

면회

용버들 새로 난 잎과 가만히 악수하고 먼 구름은 서둘러 放免했다

물가에 나아가 괜히 붕어를 기다렸다 물빛이 흐려서 눈을 비볐다

죽은 나무는 죽어서 이름이 더욱 생생하다 끌어안고 매만지다 보니 이것도 屍姦인가

버려진 개뼈다귀와 돼지 잡뼈들, 무덤을 짓지 않는 일이 햇볕 속에 갸륵하다

최후의 식욕은 이 푹신푹신한 흙 속에 다 묻혀 있다

바람에 흔들리는 것들, 막히지 않았다면 나는, 당신은 보이지 않았을 것이다

날씬하게 막힌 저 버드나무 처자를 뚫어보려고, 바

람도 色을 쓴다 보이지 않는

노을 앞에서

노을 앞에서

나는 모래 주판알을 굴리던 아이였다

먼 산의 바위들이

등이 가려워 소나무 구부러진 가지처럼

마구 팔을 뻗고 싶은 겨울이었다

어쩔 수 없어

침묵이 금빛이다 잠시 반짝이려다

저녁 새떼들이 덜떨어진 시간처럼

가시나무 울타리를 빠져나간 뒤

긁힌 자국이 하나도 남지 않은 허공에

호오, 입김을 불어넣는 아이였다

어쩌면 어젯밤 나는 금방 수염이 한 자 세 치나 자란

할아버지였다가 그때까지 세상의 모든 적막이

나를 다시 아이로 돌려세운 여기 모래밭 놀이터에서

엊그제 치여 죽은 계집애의 신발 한 짝에

살얼음 집을 짓는 걸 보는 저녁의 아이였다

잠시 불타는 저 노을 집에
목마르겠다, 목마르겠어…… 겨울비라도 뿌리려다
눈송이 하나 입술에 붙는 걸 맛보는
가난으로 맑아진 아이였다

어른들이 밟고 온 어둠의 길 위에
손가락 사이로 모래를 흘려보내는
모래강 옆의 불타는 집 아이였다

늦가을의 나비

새벽마다 이슬이 내린다
맺힌 이슬에 찬 발을 담그고 가는 바람들,
풀잎마다 먼지의 무게가 論罪되는 시점, 초록은
점차 어둡게 저물어갔다

아이가 접다 버린 딱지처럼 해변도로 가엔
나비의 絶命이 흔했다 날개의
흔적을 이야기하는 몸통은 너무 돌올해져
비 온 뒤 버려진 우산처럼 날개는
나비의 허공에 대한 최전선이었다
찢어진 옷도 아닌데 날개는 몸의 연장선일 뿐인데
나비는 날개가 옷이라며 逆說의 몸으로 죽어간다

가보지 그랬느냐, 한번쯤
집에 가서 죽어보지 그랬느냐 꿀과
花粉의 방이라도 얻어 弔問의 거처라도 얻어놓고
가지 그랬느냐, 명절과 제삿날 지나 찾아간 당신의
무덤가 반 남은 소주병에 빨대를 담그다

술 취해 너울너울 두 개의 날개 문짝을 여닫으며
구릉의 빛이 모인 마지막 골짜기로 간 나비를
꿈의 文匣에 胡蝶紋 경첩으로나 박아 넣었으니
찬이슬 맺힌 풀섶에 떨어진 저 날개들은
나비가 아니다

나비가 떨어지는 순간, 두 개의 속잎으로
피어나는 무슨 꽃받침이 되는 것이다

失職

태풍에 둑이 터진 저수지,
별똥별이 떨어진 곳처럼
움푹한 진흙 바닥은 거미줄처럼 갈라져 있다

버려진 붉은 코팅 장갑을 끼고
저수지 바닥에 쌓인 싸라기눈을 뭉친다
끈기 없는 눈이, 붉은빛에 놀란 듯
장갑의 목실을 잡고 늘어진다

여기는 잉어의 자리였을까 참붕어와 건망증이 심한
피라미의 자리였을까 물의 收復이 늦어진 만큼
나는 魚族의 환생인 양 夢遊의 비늘을 달고 거닐어
본다
텅 빈 물속에서 맞는 성긴 눈발을
魚眼이 벙벙하여 본 순간, 내 안의 정원에서 벌목
당한
병든 매화나무가 꽃도 없이 향기를 뿜어낸다

터진 둑 사이로 불빛을 켜 드는 마을의 저녁,
언청이처럼 저수지는 바람 소리만 목마르게 불어
대고
이 빠진 커다란 대접을 받아든 주위 산들이
제 모습을 잔물결로 조금씩 덧칠하던 재미를 잊었다
거룻배라도 띄우려 했을까 가장 낮은 물기둥이 섰던
물가에
맴도는 노인의 굽은 허리 안쪽에서 물비린내가
오래된 水草처럼 떠올랐다

갈라진 진흙 바닥 어디쯤에서
지느러미로 걸어나올 고기의 퀭한 눈에
붉은 장갑에서 떨어진 싸락눈이 한 점 떨어진다
구름 속의 달이 이끌어 올 먼바다 밀물 소리가
무너진 저수지 가의 갯버들과 오리나무의 주접을 털
어낸다
물이 차면, 갈라져 누운 바닥에서
肺를 쓰던 사내들이 붉은 아가미로 울며 나오리라

柳下白馬圖*를 보다

버드나무는 우듬지가 보이지 않는다
치렁치렁한 줄기 가지로 옅은 바람을 탄다
흰말이 곁에 있었지만
수양인지 능수인지 모를 버들은 말을 건드리지 않았다

말은 예민한 짐승, 잘못 건드리면
주인도 태우지 않고 먼 들판으로 달아난다
거기서 말의 고삐와 鞍裝은
들꽃들의 우스갯거리에 불과하다
이 흰말에 죽은 말벗을 태우려 했다니 이 흰
말의 잔등에 앉아 영원을 달리려 했다니

버드나무는 고삐도 없이 수백 년 한자리에 묶이고
잠시 매인 흰말은 무료한 투레질로
오월 허공에 뜬 버들잎에 허연 침버캐를 묻힌다
가만히 버들가지가 말의 허리를 쓸어준다
흰말은 치뜬 눈동자가 고요해지며 제 눈의 호수에

버들잎 몇 개를 띄워준다 눈이 없는
버드나무가 말의 항문을 잎 끝으로 간질이자, 말은
色이 안 든 허공에 뒷발질을 먹인다 허공은 죄가 없
으므로
멍이 들지 않는다 뼈가 부러지지도 않는다

주인이 오지 않는 흰말과 버드나무
사이에 能手와 能爛의 連理枝 고삐 끈이 늘어진다
버드나무는 오히려 짐승처럼 징그럽고
흰말은 꽃핀 오두막처럼 고요하다
親緣의 한나절이 주인을 빼먹은 일로 갸륵하다

* 「柳下白馬圖」: 공재 윤두서의 그림.

그 가을의 나흘 동안

하루, 석물 공장 안의 만남들

햇살이 따갑다
우연은 뭉치는 데만 몇백 년이 걸리다가
그 실뭉치가 풀어져 지나가는 고양이의 발톱에
엉키는 데는 한순간, 참 성가시다 싶은
햇살처럼 우리는 환한 공기 중에 우뚝 섰다
면구한 대리석의 발기였다 저 石物에의 집중과
섬세한 포화 같은 석공의 손길은 돌 속을 수습해 나
갔다
석공의 머리엔 허연 돌가루가 앉아
지나가던 노인이 잠시 허리를 펴고
석공의 勞役을 근심처럼 바라본다

아무런 자세도 없다 했는데, 돌들은
그렇게 끌려와 男根石으로만 살기 민망했던가
여러 채 남근에 새긴, 부처와 성모상과 거북과
武官과 石獸로 체위를 바꿔 선 채였다
돌 龜頭 껍질을 걷어내고 새 얼굴을 새겨 넣으니

날아가던 새들도 사뭇 안색이 달라 보인다

이틀, 중고 도서 교환전
陰畵冊을 들고 나온 뇌성마비 청년이
얼굴에 숯 검댕을 묻히고 서서
뭘로 바꿀까 괜히 웃음을 실실 흘린다
틀니가 빛났다

실없는 여자들이, 중고 책의 가랑이를 들춰보고 간다
저 중년들, 不惑의 만년 재수생들처럼 迷惑 덩어리로
엉덩이와 젖가슴만 흔들며 간다 바꿀 수가 없다

사흘, 觸地圖와 허공
일산 구청 입구, 시각장애인용 손가락 지도가
물사마귀 자잘하게 번진 손등처럼 방문객을 맞이준다
갑자기 눈이 어두워지고 소리가 잦아들며
오른손가락 끝을 가만히 거기 얹으려고 할 때,
깃동잠자리 한 마리가 먼저 살풋 앉아 겹눈을 굴린다

정들면 고향이라는 말, 定處에서는 모두
날개옷을 빼앗긴 선녀가 되라는 것, 양념이
없어 내 마음 못 먹고 맛없어 떠난 사람아

허공에 언제 간을 하려 드느냐, 간이 밴
허공은 지옥의 내장이나 다름없다
그냥 숨쉬자, 허파꽈리가 좀 싱겁더라도

나흘, 나비와 낮술과 해변 도로

지난 장마에 무너져내린 도로 한켠에
주둥이가 깨져 빛나는 소주병들, 경계석 모서리에
나비들이 모여 죽어 있다. 아직 살아 있는 나비는
휙휙 지나치는 차량들 서슬에 취해 있다
허공을 매만지던 날개는
도로의 먼지와 매연의 무게에도 天秤처럼 기운다
작은 소용돌이에도 휩쓸리는 나비들의 오후,
멀리 도심을 빠져나온 노숙자의 허리가
도로 아래 서해 수평선에 젖어 있다 도시는

참 각별한 직선들과 냉정의 불빛들로 날 초벌구이
했다
노숙자의 때 전 밤색 점퍼가 번들거린다
무슨 안주처럼 사내의 앞섶에 떨어지는 나비는
바다가 사나운 때와 허공이 고요한 때를 알았을까

무너진 도로 한켠에서 함께 휩쓸려 내리는
흙더미 위의 엉겅퀴꽃과 그 가시들 성성해질 때까지
움켜쥐고 마저 할퀴고 싶은 나날들. 淸明의
한때가 죄라 해도 누가 벌주러 오겠는가
도둑이 왔으나, 그는 집주인의 마음을 훔치지는 못
했다
여기 무너진 도로의 고요와 밀물의 바다, 나비는
언제나 저처럼 靑孀이다 술은 나머지처럼 저문다

진눈깨비

어느 캄캄한 하늘 저쪽 문밖이었을 거다
눈과 비가
서로 어깨를 걸고
대문만 남은 집 마당에 서서
지상에 내려오기로 맘먹었던 것은

눈과 비, 두 혈육은
잠시 서로의 얼굴을 쳐다보았다
누가 먼저 떠날 수 없다는 걸 안 순간,
샴쌍둥이처럼 동시에
지상으로 헛발을 내디뎠을 것이다
기꺼이 내딛는 헛발들로
그들은 천 개 만 개의 몸뚱어리로 산산이
캄캄한 허공에 줄 없는 주렴처럼
매달려 내려왔으나

그들은 서로 모른 척
한쪽 날개를 다친 두 새를 묶어놓은 듯

서로의 어깨를 걸고 이
새벽 오줌보를 줄이러 일어난 내게
창문 너머 눈보다 빠르게
비보다 좀 느리게 퇴짜 맞은 사랑처럼 울며 내려온
거다

제3부

묘지와 축대

더 이상 새로운 주검을 받아들이지 않는
천주교인 공동묘지에 갔다

공동으로 묻혔다지만, 亡者야
너희는 너희의 옆집과 앞집과 뒷집에
묻힌 너희의 말없는 이웃을 알겠느냐
망자에겐 어떤 교양과 이웃사촌이 있는지
금빛이 사라진 침묵에는
침묵하지 못하고 추운 콧물을 훌쩍거리며
오랜만에 주의기도를 바치는 덜떨어진 유족을 아느냐

묏등에 얹힌 잔설을 쓸어내리고
거기 청주나 몇 잔 붓는다
아직 양귀비꽃은 귀를 세우지 않고
마른 잔디는 마른 잔디다

다 드러났으면서
나는 교섭하지 못했다 수백 기의 묘지들

위로 새파란 하늘이
아직 아무것도 묻어두지 않았으면서
뭔가 감추고 있다고
뭔가 암시하고 있다고
거렁뱅이의 하늘이면서
셀 수 없는 가난의 창고이면서
새나 몇 마리 숨겨줬다 다시 쫓아내면서

무덤 하나 移葬할 하늘이 아니라서
누굴 가두지도 않으면서 축대는
야산 계단식 공동묘지의 壁彩라서
주검을 뒤섞지 않았다

묘지보다 묘지의 축대를 더 믿는 내
믿음의 건축술이여 허술한
땅에 가장 잘 맺힌 술래인 망자여
당신의 침묵에 술 뿌리고 놀다 가는 한낮이여

交友錄

눈이 내렸다
어둠 속에서
말 못할 것들이 흩날렸다

내리는 눈은
친구가 아니라서
바닥에 쌓이거나
행인의 발길에 밟힐 것이다

내리는 눈 속에서
눈을 치우는 사람들이
문밖에 나와 있다

호랑이 한 마리 나타나 울부짖으면
내린 눈들이 화들짝 놀라
하늘 속으로 눈 내리러
다시 올라갈 것만 같았다

친구는, 내려오는 친구는
저렇게 하얗고 속절없이 많아도
다 내가 더럽혀야 할 눈이었다

내리지 않는 눈이
가장 순수한, 착한 눈이었다
친구는
죽은 친구가, 아직 만나지 않은 친구가
제일 좋은 친구다

이미 치워진 눈과
치워진 눈 위에 밤을 새워 내리는 눈과
이미 눈 녹은 물로 내 신발을 적시는 눈과
눈을 뭉치며 달아나는 친구의 뒤통수에 정확히 박히는 눈과
말없이 뒤란 그늘 속으로 숨어드는 눈과 함께
친구는, 죽은 친구가 제일 착한 친구였다

눈사람傳

낳자마자 머리가 하얗고 얼굴도 하얀 몸뚱이 살결마
저 새하얀 사람이 태어났다 눈이 오는 날이었다 사람
과 개들의 발자국 무늬 찍힌 흰 눈의 襁褓 위였다 줄
곧 누워 울지 않았다 낳는 순간,
그는 이미 최고조로 자란 어른이었다
아이들은 가장 먼저 하늘의 진통을 보았다 默音 속
이었다
대신 하염없는 눈발로 천지는 소리를 감췄다
땅에 쌓인 새하얀 産苦를 어린 산파들은
흙 검불을 묻혀가며 둥글게 굴려나갔다
희고 흰 사람, 그가 祥瑞로운 몸으로 섰다
개와 아이들이 대신 환호성을 질렀다

언제부터 해가 조금씩 길어지고 그가
떠나는 길목은 제자리였다
떠돌다 한 자리에 묻히는 사람들 앞에
한 자리에만 죽도록 머물다 샛강으로 흘러가는 그가
마지막까지 희고 희었다 남몰래 뭘 먹었나

아무리 부른 뱃속을 찔러봐도 그는 허허 웃기만 했다
늦겨울 햇살만 온몸으로 먹고
죽은 사람들 다시 썩을 때,
희고 흰 사람, 그는 녹았다
허공에 허공을 주었다 그가 섰던 자리에
바람의 길이 생기고 얼굴에서 내려놓은
숯 검댕이 눈썹 두 개, 웃음으로 봉한 입에서
작은 돌멩이 하나가 툭, 떨어졌다
귀에 꽂은 솔가지는 아직 푸르른데

희고 흰 사람, 시침 뚝 떼고
정거장 같은 몸을 물로 옮겨갔다
허공에게 허공을 주었다 희고 흰 사람,
상서로운 몸빛이 다녀가셨다

탑

새벽에 상가 골목을 걸었다
하얀 플라스틱 의자 열댓 개가
층층이 포개진 채
굵은 쇠사슬에 묶여 있었다

의자 위에 의자가 앉아 있고
의자 위에 앉은 의자 위에 또 다른 위자가
앉아 있는 꼴이 계속 높아진다

의자가 제 안에 의자를 앉히는 것보다
사람이 제 안에 사람을 품는 것이 아득해서
새벽에 몰래 잠든 딸애를 안아본다
오래도록 빈 둥지였구나

마음을 비우는 것보다
마음을 채우는 것이 더 어려워
빈 의자나 상수리나무 빈 둥지를 볼 때면
하나같이 껍질처럼 포개버리기 일쑤였다

그래
비어 있는 것을 비어 있는 다른 것으로
끝없이 포개버리면 그 끝에
제일 처음 이슬 맞으며 마지막 포개지는
플라스틱 의자 위에 너무 많이
사람들을 포기해온 하느님의
하늘이 엉덩이를 내릴지 모른다

배꼽에 관하여

곰 모양이 그려져 있는 비치볼이
겨우내 쭈글쭈글해져 있다
아이는 그걸 팽팽하게 불어달라고 졸라댄다
감춰진 비치볼의 공기 구멍은
입이 아니라 배꼽으로 자리잡고 있었다
일체의 공기와 투명함을 공급받던 처음 순간을
모르는 사내의 입으로 불어넣는 안간힘 때문에
비치볼은 다시 팽팽한 살결로 돌아간다
보이지 않는 것들로도 배가 부른 모양이다
사내는 붉은 얼굴을 거울에 비춰 보며 비치볼의,
공기의 어미라도 된 기분이다 男子가 아닌
여자가 아닌 공기의 母親이 돼 괜히 우쭐대고 싶어
진다
세상에 肺 속의 낡은 공기 몇 줌을 먹여주고
그는 大氣의 物神, 늦은 오후의 그늘에서
붉으락푸르락 꽃핀 얼굴로 上氣했다
말해야 하나 스스로 어쩔 줄을 몰랐다
팽팽해진 비치볼의 배꼽을 눌러 감춰준 뒤

거기 身幹이 편해진 곰이 두 발로 서서
웃고 있는 모습을 가만히 들여다본다

들판의 家電들

늦겨울비가 스치고 지나간 들판 한편
섬잣나무들이 홀아비들처럼 서 있다
겨울 허공에 무수히 鍼을 놓던 잎 끝마다
빗방울들이 고요의 눈동자로 맺히고
그 아래 버려진 검은색 오디오 하나가
전원의 코드를 뽑아 긴 꼬리처럼 흔들며 와
차라리 짐승에의 入門을 기다리듯 버려져 있다
작은 바위들이 비 맞은 땡추처럼 중얼거리는 곳엔
稀代의 무정란처럼 뒹구는 텔레비전 한 대가
흑백의 볼록거울로 들판의 오후를 받아먹고 있다
끝없이 孵化의 꿈과 화려한 비상의 손익계산을 떠벌리던
저 방송의 무정란은
입만 살아 있었다 그 입 속의 혀처럼 놀아나던 말들은
지금 빗방울의 방문과 전생을 알지 못한다
너무 먼 곳으로 도시의 문자를 전송하던 팩스는
밤새 빗물을 받아먹고도 이 들판의 물기 한 점 띄울

수 없다
저들의 가출과 맞물려 들판의 오후는
허물을 벗는 양버즘나무의 살결과 작은 바위 곁을
서성이다
너무 먼 곳을 에둘러 온 바람의 행색을 풀어놓는다
허옇게 마른 개잔디는 생각이 없음으로 천국의 일
분 일 초였다
하얀 새똥은 그대로 문자거나 꽃의 전신일 뿐
飜譯조차 모르는 들판의 외래어는 거기 그대로 살아
있다
보여주고 띄워주고 들려주던 家電의 시체들,
살아서도 눈에 띄지 않던 들판의 액자 속으로
오래도록 썩지 않을 주검이 뛰어들었다
싱싱하던 들판의 고요는 낯설어지고
풍경은 부스럼을 앓는다

동백잎

침묵이 달다 하여
제 붉은 혀를 뽑아버리고 다니는 사람은
없다

찬물에 밥 말아먹고 온 사람처럼
대문 앞에 떨어진 동백잎 하나를
줍는다

동백잎 짧은 잎자루 끝에
차디찬 겨울과의 입맞춤 자국이
묻어 있다

붉은 꽃등을 위해
천수보살의 손처럼 받쳐졌던 긴긴 겨울날,
처음엔
혀처럼
다음엔 손처럼
그 다음엔

손등의 금물처럼 받들다
그 다음다음엔
슬그머니 손을 빼면
동박새, 꿀과 화분을 묻혀 달아난
허공 한 줌이 남는다

꽃이 지랄이라
예쁜 제 목을 친다지만
잎이야, 동백잎이야
빈손을
한없이 뒤집었다 젖히며
햇살과 비바람 속에
빛 바래 저문다 통을 줄인다

약간의 꽃

다섯 살배기 딸애의 장난감이며
동화책에 나오는 호랑이는
좀 바보같이 웃거나 장난스러워졌다

猛獸의 이빨과 발톱은
몸속의 뼈로 숨어든 지 오래고
얼룩무늬 털가죽은
한뎃잠을 넉넉히 묻을 담요로나 비쳤다

아무래도 저건 어린 사기다
싶다가도 겨울 지나는 동안
수염마저 익살을 보태는 호랑이 얼굴에서
내 우울은 꽃의 기억을 얼마나 놓쳤나
아득한 虎患조차 그리운 날엔
하늘이 호랑이 꼬리를 살살 흔들어
진눈깨비가 날리기도 했다

無道한 호랑이가 내 곁에 좍 깔리었는데도

나는 참 세상 물정 어둡고 어리숙한 호랑이만을 만났다
떡 하나 받아먹지 않고
내 몸의 떡 찧을 절굿공이 같은 뼈 하나 탐하지 않고
어린 딸의 호랑이는 내 곁에서 겨울을 났다
하룻강아지가 발로 차고 가는 호랑이 밖의 호랑이,
농담은 약간의 꽃으로 겨울을 밀어냈다

매듭 속의 강

강가 잔디밭에 앉아
뜨개질하는 여자가 있네
봄을 좀더 촘촘히 엮으려는 바느질처럼
겨울은
바늘에 머릿기름을 묻히듯
잔디밭 여기저기 연초록 코바늘 싹이
꽂히듯 솟아 있네

한 코 한 코 엮어가는 스웨터는
허공이
마음먹고 모여든 털실 앞에
제 빈 몸을 터줬기 때문이네

돌 속에 꽃을 뜨개질해 넣고 싶던
저 여자, 가슴 속의 남자를
짰다가 풀고 짰다가 풀길 수백 번
겨우 벙어리장갑 한 짝으로 다다른 늦겨울이네

풀리지 않는 일들을
격자무늬처럼 매듭짓다 보면
한 매듭 속에 들어왔다 나간 강물의
소용돌이는 차마 소중하고 아득하여
이 강물 저 강물 보이지 않게 손잡으며
만다라의 넉넉한 바다 옷 한 벌 짤 수 있을 것이네

눈물로 소금을 짠 여자의 한낮이
쉬 지워지지 않을 것 같은
그림자 옷을
겨우내 메마른 금잔디에게 떠 입히네

치매 노인의 사생활

시든 것들을 추슬러보느라
아랫도리를 살피는 날은
햇살도 새삼 몇억 광년 묵었다

하얗게 센 陰毛와 함께
머리카락 그림자가 작은 계곡에 흔들렸다
王家의 계곡이 따로 있었던가
멀지만 가까운 혈통을 이미 늦어버린 生産의
첫 이슬이 비치던 설레임을 이젠 쭈글쭈글해진 아랫배를
廢寺址처럼 더듬는 검버섯 핀 손이 있다

먹고 마시고 싸던 음식물처럼
그녀의 감정들도 왕성한 식욕으로 지나쳐졌다
小食의 감정만이 그녀를 한낮의 그늘처럼 다녀가곤 한다
가끔 그녀 밖으로 그녀가 나갔다 꾀죄죄한 행색으로
그녀에게 되돌아오곤 한다

서글프고 행복했던 처녀적 몽상을 더러운 造花로 들고 오던가

남편의 시앗의 머리끄덩이를 손녀의 인형으로 틀어잡는 날엔

청천벽력처럼 방바닥에 나뒹굴다 한참만에 숨고르다 일어났다

모든 기억의 물이 흐르고 어두웠다 맑아지는 순간,

그녀는 문고리에 잡아맨 손목에 칼집을 넣고 싶었다

쌓아갈 기억 앞에 쌓여진 기억들이 雜木처럼 너무 많았다

이름도 모르는 예전의 잡목 넝쿨들, 닥치는 대로 꺾고 나가다

고봉으로 드리워진 산그늘에 오줌만 지리며 웃고 있다

차밭의 무덤

비탈진 차밭이었다
굵고도 굵은 차나무 동아줄로
헐거워진 산자락을 감아 오르는 중이었다
딱, 한 곳이 끊겨버렸다
차나무 대신 흙무덤 하나가
젖꼭지처럼 겨우 솟아 있었다

"아기 무덤이네요.
차 따다 울고,
차 따다가 보며 울고……"

죽은 아기의 나이를 세며
차나무 잎새는 우전에서 雀舌로 옮겨가고
작설은 중작으로 입을 벌리다
중작은 대작으로 잎의 입이 벌어져
하늘 한 모금 마실 만큼은 쓴맛이 더했다
어미 마음도 덖을 만큼 생각의 햇잎이 늘어갔다

하늘 가까운 흙무덤 젖꼭지 잦아들면
어미도 참 오래전에 아이로 돌아가
봄비 오는 한나절 입 안에 빗물을 고여두리라
꼿꼿하게 마른 차나무 한 그루, 어미는
참 심심하게 이승의 봇재* 고개 고갯길마다
눈물로 찻잎을 우렸더니라

아가야, 널 어서 따라가게
이승이 맹탕이었으면 좋겠다
너 없는 錦上添花도 모두 맹탕이었다
우겨보다 우리고 울다가 우린 차밭 한가운데,
너 없는 여길 먼저 비탈진 맹탕으로 만들어버렸다

* 전남 보성군의 한 차밭이 있는 고개의 地名.

뼈의 외출

문 모서리에 정강이뼈가 부딪히자
통! 하고
꽤 맑은 소리가 난다

뼈와 살을 구분하지 못하는 나왕목
문짝을 손끝으로 두드렸지만
좀 전의 소리는 아니었다
정강이가 조금 아팠을 뿐이다

언제는 낮은 슬레이트집 문틀에 이마를 부딪쳐
텅—, 하고 집 전체가 비어 우는 소릴 들었다
다시 주먹으로 쳐봤지만 이마의 붉은 기운만
낡고 오래된 집의 외마디를 삼킨 듯 보였다

기대에 찬 눈길로 가는 손길
끝에서 소리는 움츠리고 도망가느라
여념이 없다 소리를 만나러 가는 내 살 속의
뼈가

청맹과니처럼 더듬다 부딪는 것들이
문틀이고 벽이고 돌뿌리고 모난 귀퉁이일 때
저들도 제 속 보이려 난장을 피운 것일까

살이 빙하처럼 두꺼워도
知音의 빛깔 한 번 들으려고
가끔은 뼈들도 모두 문밖에 나와 있다
살보다 먼저 뼈들이 마중 나가 있다

미루나무

바람 불어 길게 휘어지는 미루나무,
허리 아래까지 흔들리며
허공의 화선지 깊이 눌러 써대는 저 筆力

아무리 휘갈겨 써본들
아무리 파지를 낸들
하늘엔 기러기떼 지나간 흔적도 남지 않는다

태풍이 와 허리가 꺾이고
사철 붓을 쥔 흙의 손아귀 힘이 빠질 때
초록에 단풍을 묻힌 것도 한 필법인가

죽은 미루나무 붓을 씻는 늦가을 저녁비,
초록의 붓털에서
쓰르라미 소리 쏟아지는 여름날이
삭정이 붓털로 빠져 근심하던
까치는 다시 제 집에 꽂아 쓰자고 물어 올리고

마른 우듬지 위에 흰 눈이 묻어온다
허공에선 죽은 나무의 운필이 너무 고요하다
모지라진 미루나무 禿筆은 불쏘시개로 쪼개진 뒤
아궁이 속 불길로 휘갈겨지는 草書體들

지붕에 꽂힌 굴뚝 筆鋒에 연기의 필체가 흐리다

초겨울 변두리에서

가끔은 그렇지, 꽃무늬도 희미한
천장을 보고 누워도 문득
하늘의 시퍼런 심장이 들여다보이는,
돌연 어딘가로 휩쓸려간 기억의 머리 끄덩이를
누군가 죽은 개처럼 끌고 돌아올 것만 같은,

환멸이 문득 낯설고 늙은 여자로 돌아와
성긴, 쇠한 머리카락과 퀭한 눈빛으로
먼 異教徒의 말들 횡설수설해대는,
돌아갈 때는 그녀의 손에
오래된 은화 몇 닢을 잘 말린 그늘로 펴서
쥐어줘야만 할 것 같은,

시퍼런 하늘의 심장에 돌연
血栓처럼 떠다니는 새떼들도 그렇고
뭔가 가슴에 뭉클하는 것들로
검은 구름의 심장 판막이 까맣게 죽듯
우련 검붉은 그늘의 두근거림이 도드라지듯

시간은 가만히 맥을 짚어줘야 할 듯,

변두리, 여기저기 피어오르는 불길의
저 초조한 입성들. 검은 구름의
심장 판막에서 피톨처럼 떨어지는
검붉은 낙엽과 생철 대문을 후려치며
떨어지는 낯선 집의 문패들.

건드리지 못할 것들이 스쳐가는 소리,
아득한 곳에서 둥지 트는 그리움의 눈알들.
고요를 둘러싸는 저 아우성의 투명한 이웃들.
엿 같은 미련들과 그 외출과 고요한 섹스와
겨울로 메말라가는 골짜기 희디흰 이마의 돌들과.

포도나무 집

포도나뭇잎은 건성으로 붙어 있다
바람의 등에 업둥이처럼 손을 얹어 보낸다
허공으로 오를수록 가늘어지는 넝쿨들, 잠시
제 그늘에 묵었던 포도송이의 무게를 셈하듯
가늘고 길게 떨어도 본다

약에 쓰려 포도나무 섶에 매달아 논 두더지를
들고양이가 물고 간 들판 한켠엔
주인 없는 무덤들이 궁시렁거리듯 저들끼리 어울린다
침묵이 쓰다 달다 말하는 건 사람뿐

저녁으로 깊어지는 냄새들, 추어탕을 끓이는
포도밭 집 그늘은
여름날 물결치던 포도 잎새의 저녁과 닮았다

늙은 말좆 같은 수세미외 몇 개가
건성으로 담벼락에서 흔들린다. 시든 욕정은
아무도 따가지 않는다

주위, 쥐똥나무 울타리 속으로 한바탕
오목눈이떼가 울음을 끓이다 사라져간 후
저녁은 시퍼런 멍 자국처럼 묻어온다
몇 발치 리기다소나무 머리채에 얹힌 잔설이
헤아릴 수 없는 세월의 바람에 잔귀가 먹었는지
때늦게 尿失禁처럼 은가루를 날린다

제4부

무대

비가 내린다. 여자는
창가로 천천히 걸어간다. 기울어지듯
모든 것은 다가온다. 빗소리를
먼 박수 소리로 잘못 듣는 여자에겐
추억도 찾아갈 무대와 같은 것일까

아픔을 떠올리는 뿌리, 시간은
불구의 길을 오래 걸었다. 그것은
가장 그럴듯한 복원으로 가는
몇 안 되는 계단이다

그때 여자는 몇 계단을 밟아
가장 빛나는 무대에 섰던 소프라노였는지도
모른다. 가장 절정에서 그녀는
자신의 생을 몰랐다. 빛에 둘러싸였으나
그 빛은 어둠이었다. 자신보다 먼저
관객의 박수 소리가 그의 시간을 소나기처럼 적셨을
따름이다

이제 그녀의 무대는 낡은 술집이 돼버렸다.
손님들은 가끔 풀린 눈빛으로 그녀의 전생까지도 궁금해하지만
그녀는 기억의 틀니조차 제대로 끼울 수 없게
손이 떨려올 때가 있다. 가끔 알 수 없는 슬픔이
그녀의 목청을 울려보지만 그녀는 입을 열지 못한다.
끌어 모을 수 있는 관객은 침묵뿐이다

침묵은 눈길을 안으로 끄는 소리일 뿐
박수를 치는 빗소리들, 환영의 넓은 무대로
그녀는 쓸쓸히 유배될 뿐이다. 그녀는
불구의 끝에서 너무나 많은 시간을
되찾아가고 있었다

여행

저녁에 냄새를 피웠더랬다
자반고등어 한 마릴 구우니
등 푸른 바다가 어쩔 줄 몰라했다

구운 고등어를 세 식구가 얼른
몸속에 감춰버린 저녁,
비늘 한 점 돋지 않는 얼굴로
텔레비전 속의 기름띠 뜬 바다를 본다

한밤중, 슬그머니 선잠 들고 나와
어둠 속에 물 마시다 보니, 냄새는
아직도 집 안 곳곳을 돌아다닌다
길 잃은 卍行이 오래고 질기다
아무 곳이나 들러 탁발하듯 제 몸을 맡긴다

어두운 베란다에 넌 아내의 속옷에도 들어가보고
춘란의 말라버린 꽃대 근처도 기웃거린다
포개놓은 그릇들 밑에 들어가본다 냄새는

마사이족 木刻 얼굴에도 지분거린다
욕실 하수구에 엉킨 한 움큼 머리카락에도
제 냄새를 슬며시 넣어본다 몸을 얻는 것이
마음을 얻는 것보다 어려운 냄새는
창틀에 남은 청동빛 풍뎅이 주검 속에도 스며본다

몸을 버리면 몸의 생각인 냄새마저 버릴 수 있다는 거
저 시퍼런 영원, 어머니인 바다 때문에
아니다 아니 된다

밤새 냄새를 잠재우느라, 마른
빨래도 조금 무거워진다

파리

유리창에 붙은
갓 태어난 파리에게
속으로 주문을 외웠다

너 파리!
너 프랑스, 너 에펠탑, 너 봉황
새들의 나라, 너 날개 달린 창녀,
신들의 화장실, 너 풀피리
새집, 너는 박쥐나무, 너
뿌리 뽑힌 티눈, 너
새우등에 박힌 흑점!

주문을 못 들었는지 주문대로
날아가 주문을
받아오지 못하는 파리, 아직
타락한 말을 모른다

꿈이 바보구나, 멍청히 내 생각을 오래 견디고 있구나

넌 닫힌 유리창을 네 발로 기어오른다

봄밤

그가 돌아가고 나는 묻는다
내게 없이 부풀고 있는 밤!

돌이 물러지고
그 돌 속에서 나오는 여자,
그녀는 영혼만으로 끊긴 철길을 걷다
다시 되돌아갔다

물들일 수 없는 것들의 저 오랜 부품,
그 낯선 不姙의 공기 속에
흰 목련꽃 이파리 듣는다

내게 오지 마
제발 내게 오지 마
난 엎어놓은 빈 그릇으로 불룩하다
펴줄 수 없는 고봉이다

끊긴 철길 따라

돌 속의 여자가 걸어간 밤하늘 쪽
지각처럼 돋아난 별 몇이 생니를 앓듯 빛난다

내가 걷어찬 돌멩이들
내 생각의 구두코를 물고 놓질 않는다

오후의 別辭

빈방에
홀로 선풍기가 돌고 있다

마당가, 참비비추 꽃대가
외로 살짝 꼬여 곧추 섰다 어린 사마귀가
중심 잡듯 어긋난 잎새처럼 매달려 있다

개에게 풀을 뜯어 주었다

굶주린 사내 같은 여자들, 길거리에서 돌배 같은 주먹을 쥐고 있었다

가슴속 홀로 가는 늑대, 그 눈빛에
물봉선화가 스친다 구름이
혀처럼 햇살을 내밀고 있다

'사람' 이름이 까마득하다, 먹구름이 몰려오고
어둡게 따뜻하다. 묵은 아궁이마다

쥐며느리들과 그리마들이 득시글거리는데 갓 태어난
자벌레 등짝의 윤기가 그늘진다

버려진 집 툇마루에
한 마리 늙은 개, 『趙州錄』을 읽고 있다

칼날

칼날이 칼등을 업고 있다
칼날이 칼자루를 데리고 있다
칼날이 칼끝을 모으고 있다

一面識도 없는 곱사등이의 얼굴, 아니 가슴에선
어린 칼날이 알처럼 품어지고 있을까
칼등이 이빨을 보이며 웃으면 앳된 칼날이 드러나고
칼끝은 더 이상 자라지 않은 矮小症의 칼날로 눈뜨고
칼자루의 때묻은 천을 풀면 칼날이 미라처럼 머리를
세울까
눈부신 햇볕 속을 걸어도 그는
적의는커녕 제 그림자를 주우며 가듯
점점 무뎌져가는 곱사등이로 바뀔 뿐

항상 안으로만 굽은
어두운 칼날을 그가 배고 있을 거라
믿자, 한낮의 햇볕이 벼려놓은 건 어둠뿐
어눌한 슬픔은 최후의 별빛으로 박힌다는 것을

하늘을 찌르듯 그러나 고요히
굽은 등이 펴지며 드러날 割腹의 말, 그 붉은 혀여

넘어지면, 칼날보다 칼등이 먼저 뒹구는 몸에
바람이 갈려나간다 살구꽃 칼등에 인 날도 있다
어둠의 바깥에 칼등을 세우고 어둠이 안쪽에 칼날을 품고 간다

밥상

한여름 늦은 점심때다
초록의 밥상머리에 앉아
창밖으로 휘휘 파리떼 내쫓다
떠올린다,

어느 상상 못할 커다란 머위 잎새 위에
하느님과 간통하고 있는 사마귀!
부처의 머리 속에 빨대를 꽂고 있는
늑대거미! 마호멧의 똥구멍에다
제 휘어진 성기를 넣는 검은 전갈!

떠올리다, 한 술 두 술 밥 뜨는 건
내가 아니라 누군가가 나인 것만 같아!
나와 당신을 이곳에 부려놓고
무진장한 황폐와 풍요의 융숭한 밑그림만 그려놓고는
가버렸으니, 길을 떠먹을 숟갈도
마음을 집을 젓가락도 눈빛도 입맛도 그러니까
잘 차려 먹으라구, 누군가

내 늦은 것만 같은 밥상에 참견하는 적막!
내 모두를 밥상째 드린 당신들
어서 이 멀어진 시간의 밥상머리에 다가와 앉으라구
눈빛 가득한 한 하늘 아래 겸상을 하자구

비루먹은 게 천지라도
가슴에선 늘 수저의 숲이 무성하다구

행진곡

더러워진 눈더미에서 풀려난 낙엽들이
일제히 땅바닥을 훑으며 몰려간다
백발의 할머니가
청년들보다 빨리 골목 안으로 뛰어간다
햇살이 언 땅으로 쏟아져 내린다

유리가 번들거리는 큰길의 장의차가
해맑게 클랙슨을 울려댄다

동네 개들이 웃음을 물러 뛰어가고
근린공원 울타리 밖으로
이유 없이 공들이 튀어 나간다
요리조리 피해 가는 배달 오토바이들
뒤꽁무니에서 싱싱한 매연이 쏟아져 나온다

햇살에 비낀 변두리 유리창 너머
앙상한 겨울 포도밭으로
되새떼가 드넓은 쟁이그물로 내려앉는다

죽으러 가자, 더 죽으러 가야겠다!
아직 죽음이 싱싱한 사람들, 바삐바삐 버스에 오르고
시든 대파 단을 들고 가는 아주머니 손가락에서
뭔가 바삐 쥐어졌다 빠져나간다
속절 없는 피로와 공기 속에 파묻힌 피의
소용돌이를 이마받이하면서, 나는 차츰
여기에서 멀어져 또 한 나에게로 나아간다

말뚝을 위하여

네 발기한 성욕에 묶여 있는
뜨거운 한낮,
그 허공의 나이는 늘 한 살이다

네게 뿌리에 대해 묻지 않고
네게 줄기와 가지, 잎새에 대해 묻지 않는 건
언제든 다시 와 묶여야 하는,
방 없는 여인숙처럼 묵어야 하는 습관 때문이다

눈비에 젖어
때로
내 것이 아닌
슬픔을 비끄러맬 사람이
이 는개 치는 벌판 어딘가 박혀 있을 거다

도망칠 수 없어
끝내 묶여서 바라보는 벌판 가득
는개 속에 길들이

수렁처럼 잠기고 있다

네게서 풀려난 뒤
드디어 윤기 나던 땅의 뿔들이
조금씩 썩어가고 있다

행로

한순간, 자라의 목이
뱀처럼 늘어져 나왔다

등껍질에 붙은 머리만 본 내게
그 갑작스런 목의 외출은
낯선 창자처럼 드러났다

몇 날 며칠을 돌멩이처럼 굳었다가
배고픔에 눈 번쩍 뜬 자라가
外部의 목을 內部의 그늘에서
빼 머리를 앞세우고 헤엄쳐간다

배고픔밖엔 다른 깨달음이 없는지
깨닫기도 전에 허기지는 몸밖엔 없는지
아무리 딱딱하게 몸을 닫아도
돌멩이 위에 얹은 돌멩이로 지낼 순 없는지

흰 목을 늘여 길을 정한 돌멩이에서

나온 갈퀴발이 물속의 물을 밀어낸다

도마

해 쨍쨍한 복날,
박달나무가 전생인 도마가
오래 입어 빛 바랜 사각 팬티처럼
죽은 대추나무 가지 사이
그 사타구니에 걸쳐져 있다

무수한 칼질에
접시만큼 뭘 담을 곳이 생긴
도마 속곳에
태양의 정액이 환하게 묻어 있다

대추나무야, 어서
이 햇살 쬐러 나온 무른 도마
속곳을 주워 입고 뿌리를 움쭉거려보아라
머리에 피가 마르기 전에
네 가시로 속곳 도마를 찔러보아라

시퍼런 채소와 붉은 고기들 자르고

다져 넣어도 입 한 번 벌리지 않던 도마는
식물도 짐승도 아닌 그 경계에서
칼을 맞았다

곰팡이꽃 필까 봐
사람들은 네가 변할까 봐
칼을 주다 땡볕을 주다
죽은 대추나무 가시에 마지막 성욕처럼
도마, 마지막 죄 짓고 도망갈 속곳을 주었다

붉은 담요

늦겨울 오후였다

다가구주택 그늘진 골목길을 천천히 헤엄쳐나갔다
옆구리가 찌그러진 푸른 트럭에 사과가 실렸다
스피커에서는, 사과가 왔어요, 쉰 목소리가 흘러나왔다
과수원에 떼놓고 온 사과들,
사과나무 낚싯대에 걸린 채 썩어가는 물고기로 떠올랐다

말없는 사과들, 너무 많은 사과들의 무례함이
적막한 골목을 누볐다 어두워
전조등 불빛이 더러워진 殘雪을 비출 때까지
트럭의 꽁무니에서
부르르 매연이 떨리듯 나왔다

찾는 손님도 없었다 가는 세월도 없었다
어둠 속에 트럭을 세운 사과 장수가 적재함으로 다

가왔다

먼지가 앉은 사과들을 붉은 담요로 덮어주었다

밤을 넘겨야 했다 크고 붉은 모란꽃 두어 그루가

때 타고 털 빠진 담요 위에 피어 있었다

찾지 않는 것을 찾을 때까지

떨어진 사과들도 눈을 감고 매달려 잘 시각이었다

꽃과 거지

비바람에
멀쩡하게 떨어진 흰 철쭉꽃 하나였다
처음 보는 거지 노인이
그 철쭉꽃 주워 들고는
철쭉나무에게 더러운 손으로 내밀고 섰다

피어 있는 꽃과 떨어진 꽃
처음으로 만났다 마침
거지 노인과 철쭉나무 곁을
웬 개가 개뼈다귀를 물고 지나간다

집에 돌아오니
아내가 얼굴을 들이대며
예뻐 보이냐고 묻는다

나는 십 년 전의 꽃을 주워섬겼다

오동나무 한 채

숲의 입구에 오동나무 한 그루,
行商처럼
보랏빛 오동꽃 한 광주리를 이고
내내 그렇게 늦봄을 보내고 있다

머리에서 꽃 광주리를 내려놓으면
여름이 초록에 초록을 덧칠하며 온다고 했다

물고 빨고 핥을 필요도 없이
꽃은 봐주기만 해도
열매의 근성을 보여줄 테지만
이미 媒婆의 곤충이 다녀간 후였다

내게도 오동나무를 심어 시집보낼 딸이 둘이나 있다
오동나무 궤짝으로 멀어질 딸이 울고 웃고 있다

그 아래 꽃을 줍는 사람이 없으니
오동나무는 스스로 잎새가 넓다

잎새가 마당이라는 듯
오동꽃은 땅에 떨어지기 전에 잎새에 먼저 닿는다

어디서나 오동꽃 한 광주리를 인 나무를 보면
술잔 들던 손을 데려다
그 꽃나무 머리에 똬리로 얹어주고 싶다

엉겅퀴와 뱀과 풀과 나
— 함민복 시인에게

발목을 덮는 풀밭 길이었네
허리에 이슬을 잔뜩 매단 사초들,
가죽신발을 질게 적셔주었네

꽃을 피우려면
뿌리의 조건을 달리해야 하는가
알전구처럼 제 몸에 꽃을 갈아 끼우고 싶은
평생의 풀들, 그저 무성하네

늦봄이 다 가도록
꽃을 뒤집어쓴 뱀을 못 봤네
蛇足을 겁주지 않고
蛇足을 밟지 않고
뱀을 천사로 만드는 풀들, 뱀은
풀의 발목을 문 적이 없네

둑길의 보랏빛 엉겅퀴 꽃들,
가시를 잔뜩 돋우고 허공으로 머릴 디미네

돌연변이 뱀도 제 이빨을 입 안에 가둬두는데
가시 이빨을 촘촘히 몸에 박은 채
엉겅퀴는 저절로 敵들에 둘러싸였네

꽃을 망친 꽃뱀과
꽃을 못 다는 풀들과
사랑이 깊지 못한 내가
스스로 밀리네

엉겅퀴 시퍼런 가시 채찍을 맞고 갯노을이 저만치 하루를 벗네

겨울 서녘

—어머니와 팥죽

열흘쯤 남았다
冬至가 열흘 정도 남아서
한번도 팥죽을 쒀준 적이 없는 어머니가
졸음처럼 내게 다가왔다

실컷 먹이고 키웠더니 기억마저 물러서
나는 손이 큰 어머니를 더 못되게 만들었다
퍼주고 퍼주어서 넉넉한 가난의 聖母,
그 마음의 치수도 재지 못한 날탕이었다.

해방도 혁명도 아닌 冬至의 그 날이 오면
가랑눈이라도 조금 내려서
어린것들 앞에서 앙은솥을 걸고 팥죽을 쑤고 싶다
저 붉은 심장의 잘디잔 알갱이들이 퐁퐁 뛰기 전
하얀 알심을 깜냥껏 쓸어 넣고 그 해의 항내 나는
나뭇주걱으로 아비의 마음을 휘휘 저어주고 싶다

열흘쯤 남았다

자유도 연애도 아닌 冬至의 그 날이 오면
손이 컸던 어머니의 손을 내가 빌려서
그 해의 가장 큰 어둠을 붉은 심장으로 펄떡거리며
늙기 전에 먼저 젊어져야 하는 어린것들 입에
不死의 내 屍汁인 양 달콤하게 먹여주고 싶다
麻姑어미의 붉은 마음을 양푼 가득 담아주고 싶다

|해설|

만상의 交友錄

이 장 욱

이상한 산수화

들꽃이 피어나고 나무가 자라고 바위가 생긴다. 그것들을 품기 위해 산이 솟고 산자락에 초가가 돋아나고 또 초가에서 삽살개는 "물 묻은 저녁 빛으로 괜히 짖어" 댄다. 산 곁으로는 강이 흐르고, 강에는 거룻배가 떠 있으며, 물론 하늘에는 기러기들이 정연하게 날아가고 있을 것이다.

이 낯익은 풍경은 시집 앞에 배열된 두세 편의 시를 이루는 어휘들로 그려낸 것이다. 그러니까 이것은 한 폭의 산수화(山水畵)이다. 산수화는 산수화이되, 지금 우리의 관심은 산수화 자체가 아니라 그것이 놓여 있는 묘한 위치이다.

> 낡은 고물상 트럭 짐칸에/산수화 액자 하나 실려 있네/곰팡이가/기러기떼 나는 가을 하늘까지 피어 있네/궁금한 듯 봄 햇살이 들여다보네//고봉밥처럼 꾹꾹 눌러 담긴 산들이 있고/산자락에 자루 부러진 숟갈처럼/초가 몇 채가 꽂혀 있네 주저앉히면/草墳으로 쓸 만한 뫼자리라네/낫처럼 굽은 노인네가 지팡이 하나를 기둥 삼자/그 안에서 두꺼비 한 마리 비를 피하네//강가로 드는 거룻배 향해/삽살개가 물 묻은 저녁 빛으로 괜히 짖어대고/봄 햇살이 유리 속 단풍과 만나 말없이 속삭이네/열흘 붉은 꽃, 단풍만이 산 빛을 오래 지켜주네/지폐 몇 장 오가지 않는 곳이라/독을 품고는 들어갈 수가 없네//이발소 그림으로도 떼어져/창고의 어둠 속에 나뒹굴 옛날 하나가/봄날의 햇살을 가을빛으로 온통 포식하고 있네
>
> —「떠도는 산수화」 전문

그렇다. 저 오래된 산수화는 낡은 고물상 트럭의 짐칸에 실려 떠돌고 있다. 이제는 이발소 그림조차 되지 못하는 이 산과 물의 풍경은 곰팡이를 제 안에 품은 채 지금 막 햇살을 "포식"하는 중이다. 트럭 짐칸에 실린 이 산수화를 언급하면서 오래된 것에 대한 시인의 곡진한 애정에 대해 말하는 것은 쉬운 일이다. 이 애정에 약간의 의미를 부가하면 곧 생태적인 자연이 펼쳐질 것이며, 그로써 인간이 이룬 문명은 비판될 것이다. 아마도 자연은 생명과 더불어 풍요롭고 너그러우며, 인간의 살림은 언제나 어이

없이 간파할 것이나. 자연과 도시를 주제로 한 수많은 시편들처럼, 이 시집 역시 도시의 각박함과 자연에 대한 향수라는 손쉬운 이분법으로 설명되는 것일까?

그렇지는 않은 것 같다. 이 떠도는 산수화를 바라보는 화자의 마음은 단순한 대비적 구도로는 설명되지 않는다. 그는 자연을 물신화하지 않으며, 자연에 대해 무책임한 향수를 남발하지 않는다. 과연, 짐칸에 실려 떠도는 저 산수화는 그저 봄날의 햇살을 흠뻑 받아들이고 있을 뿐이다. 다음 시에 나오는 홍매화와 산까치의 풍경은 저 산수화에서 방금 튀어나온 것 같다.

> 인도 옆 화단에 두 그루 홍매화 피었다/낯선 산까치가 내려앉아/꽃잎을 부리로 헤집으며 꽃술을 쫀다/꽃을 괴롭히고 있다//〔……〕//꽃보다 먼저 휘청대는 홍매화 가지가/허공에 몇 자 써보겠다는 듯/손사래를 치며 흔들렸다/지휘라기엔 감정선이 너무 단조로웠으나//〔……〕//홍매화는/차라리 새를 괴롭히듯/산까치 머리에 쇠뿔로 피어/누구든 들이받는 꽃이고 싶은데 —「흐린 날의 花鳥圖」 부분

인간이 만든 길가의 화단에서 벌어지는 홍매화와 산까치의 전투는, 격렬하지만 유머러스하다. 홍매화가 허공에 손사래를 치며 흔들릴 때, 홍매화가 산까치의 머리에 돋아난 쇠뿔이 되고 싶을 때, 이것은 인간과 자연을 나누어

놓고 자연의 눈으로 인간을 비판하는 흔한 시가 되지 않는다. 저 꽃과 새들은 물질 문명의 문제점을 지적하기 위해 도입된 이미지가 아니다. 살아 있는 것들은 살아 있는 것들로서 가득하고 또 번잡한 것이어서, 홍매화와 산까치는 인간의 도시 안에서 인간의 도시와 더불어 아직 뜨겁다.

그러니까 이 시집의 산수화는, 산과 물과 꽃과 나무의 뒤편으로 커다란 건물들을 거느리고 있는, 이상한 산수화이다. 건물들의 그림자가 홍매화와 산까치를 덮고, 그림자와 그림자 사이로 골목들이 생기고, 노인들이 시들어가는 허름한 공터가 만들어진다. 그 공터에는 벚꽃들이 눈처럼 지고, 공터 곁의 아파트 실내에는 화분 속의 푸른 잎들이 허공을 짚어 내려오는 중이다. 이 시집의 산수화는 인간이 자연의 일부로 그려진 산수화가 아니라, 산과 물이 인간의 마을에 스며들어 흘러가는 기묘한 산수화이다. 결국 이 시집의 산과 물과 꽃과 나무들은 도시 변두리를 떠돌아다니며 인간의 곁에서 피고 진다. 그것들은 사라지지 않고, 그것들은 생명을 잃지 않고, 그것들은 우리 곁에서 한량없이 부유한다. 아마도 도시의 뒷골목을 신산스럽게 떠돌아다니는 산과 물과 꽃의 풍경이야말로, 이 시집을 요약할 수 있는 하나의 이미지일 것이다.

서정의 감각

이 시집의 사물과 자연들은 그네들을 바라보는 시인의 시선에 의해 새로운 생명을 얻고 그 생명과 더불어 사람의 삶으로 흘러든다. 만상은 시인의 마음에 서서히 몸을 담그고 결국 시인의 마음에서 피고 진다.

> 낡고 다리가 부러진 나무 의자가/저수지 푸른 물속에 빠져 있었다/평생 누군가의 뒷모습만 보아온 날들을/살얼음 끼는 물속에 헹궈버리고 싶었다//다리를 부러뜨려서/온몸을 물속에 던졌던 것이다/물속에라도 누워 뒷모습을 챙기고 싶었다//의자가 물속에 든 날부터/물들도 제 가만한 흐름으로/등을 기대며 앉기 시작했다/물은 누워서 흐르는 게 아니라/제 깊이만큼의 침묵으로 출렁이며/서서 흐르고 있었다//허리 아픈 물줄기가 등받이에 기대자/물수제비를 뜨던 하늘이/슬몃 건너편 산 그림자를 앉히기 시작했다//제 울음에 기댈 수밖에 없는/다리가 부러진 의자에/둥지인 양 물고기들이 서서히 모여들었다
>
> —「저수지에 빠진 의자」 전문

낡은 나무 의자가 물속에 빠져 있다. 저수지에 빠진 의자는 시인의 마음속으로 들어와 무심한 몸을 버리고 새롭

게 태어난다. 이제 의자를 둘러싼 만상들도 사람의 마음을 얻어 의자의 세계로 흘러들기 시작한다. 의자는 무언가 하고 싶었던 전생을 지니고 있으며, 의자를 휘감아 흐르는 물줄기는 의자에 등을 기대며 앉는다. 그저 흘러가던 물은 앉아서 흐르는 것이 아니라 서서 흘러가는 물이 되고, 이 의인(擬人)의 어법은 만상의 무심에 유심을 부여하는 서정시 특유의 문법을 정교하게 따라간다. 어느덧 그윽한 시인의 눈앞에서 저 우울한 의자를 위해 하늘은 산 그림자를 앉히고, 아픈 의자의 주위로 물고기들은 서서히 모여든다. 이 쓸쓸하되 따뜻한 풍경은 부드러운 의인의 어법과 섬세한 관찰력에 젖줄을 댄 채 내내 처연하다. 섬세한 어법과 관찰력은 이 시집을 떠받치고 있는 서정의 감각에 생명력을 부여한다. 다음의 구절들이 그 증거가 될 수 있다.

> 한 코 한 코 엮어가는 스웨터는/허공이/마음먹고 모여든 털실 앞에/제 빈 몸을 터줬기 때문이네
>
> —「매듭 속의 강」 부분

> 구운 고등어를 세 식구가 얼른/몸속에 감춰버린 저녁,/비늘 한 점 돋지 않는 얼굴로/텔레비전 속의 기름띠 뜬 바다를 본다//한밤중, 슬그머니 선잠 들고 나와/어둠 속에 물 마시다 보니, 냄새는/아직도 집 안 곳곳을 돌아다닌다/길

잃은 紀行이 오래고 길기다/아무 곳이나 들러 닥빌하듯 세 몸을 맡긴다 —「여행」 부분

문밖에 영산홍 꽃밭도 다 무너졌지만/허공을 옅은 향기로 暗算하고 간 흔적 누가 보았는가/〔……〕/잎새마다 저울이 생기는 가을날 —「계산법」 부분

햇살이 따갑다/우연은 뭉치는 데만 몇백 년이 걸리다가/그 실뭉치가 풀어져 지나가는 고양이의 발톱에/엉키는 데는 한순간, —「그 가을의 나흘 동안」 부분

찬물에 밥 말아먹고 온 사람처럼/대문 앞에 떨어진 동백잎 하나를/줍는다//〔……〕//꽃이 지랄이라/예쁜 제 목을 친다지만 —「동백잎」 부분

서정의 문법은 이 시집의 본능이라고 할 만하다. 만상을 마음의 풍경으로 포착하고, 그것을 일인칭의 고도(高度)에 걸어 둔다. 사물과 풍경들은 마치 이미 오래전부터 시를 내장하고 있었던 듯 자연스러운 유비(類比)의 의미망 안에서 다시 살아난다. 털실이 옷으로 짜이는 것을 허공이 길을 터줬기 때문이라고 말할 때, 둘러앉아 고등어를 먹고는 고등어를 몸속에 감춰버렸다고 말할 때, 그리고 그 사라진 고등어의 냄새가 탁발하듯 야심한 실내를

돌아다닐 때, 이 서정의 감각은 부드럽게 읽는 이의 감탄을 자아낸다. 영산홍 꽃들이 허공을 향기로 암산한다거나, 이슬이 맺혀 가볍게 몸을 낮추는 잎새에 대해 "잎새마다 저울이" 생긴 것이라고 적을 때, 사람의 몸과 마음을 빌린 저 꽃과 잎들은 그저 의미가 곁에 있기 때문이라는 듯 자연스럽게 생명력을 얻는다. "고양이의 발톱"에 맺힌 햇살을 수백 년의 시간 속에서 묘사하고 있는 구절이나, 대문 앞의 동백잎 하나를 "찬물에 밥 말아먹고 온 사람"에 비유하는 것은 또 어떤가. 마치 아무렇지도 않은 듯 매력을 발산하는 구절들은 시집의 여기저기에서 흩날린다. 마지막에 인용한 시에서 저 떨어지는 동백꽃은 "꽃이 지랄이라/예쁜 제 목을" 쳤기 때문에 떨어진 것이어서, 우리는 유장하고 유머러스하되 반짝이는 일인칭의 감각을 느낄 수 있다.

이 화법은 서정시의 오래된 역사에 젖줄을 대고 있으며, 이 경우 유비의 은근함과 관찰의 신선함, 그리고 그로부터 얻어지는 의미의 생산력은 시의 성패를 좌우하는 요소가 된다. 그런 의미에서 이 시집의 감각은 신뢰를 얻을 만하지만, 이것만으로는 설명이 부족하다. 그의 서정적 화법은 때로 아주 묘한 방식을 취하기 때문이다.

눈이 내렸다
어둠 속에서

말 못할 것들이 흩날렸다

내리는 눈은
친구가 아니라서
바닥에 쌓이거나
행인의 발길에 밟힐 것이다

내리는 눈 속에서
눈을 치우는 사람들이
문밖에 나와 있다

호랑이 한 마리 나타나 울부짖으면
내린 눈들이 화들짝 놀라
하늘 속으로 눈 내리러
다시 올라갈 것만 같았다

친구는, 내려오는 친구는
저렇게 하얗고 속절없이 많아도
다 내가 더럽혀야 할 눈이었다

내리지 않는 눈이
가장 순수한, 착한 눈이었다
친구는

죽은 친구가, 아직 만나지 않은 친구가
제일 좋은 친구다

이미 치워진 눈과
치워진 눈 위에 밤을 새워 내리는 눈과
이미 눈 녹은 물로 내 신발을 적시는 눈과
눈을 뭉치며 달아나는 친구의 뒤통수에 정확히 박히는
눈과
말없이 뒤란 그늘 속으로 숨어드는 눈과 함께
친구는, 죽은 친구가 제일 착한 친구였다

—「交友錄」 전문

내리는 눈은 친구가 아니라고 해놓고 금방 그 눈을 친구와 겹쳐놓는다. 눈과 친구는 속성이 전혀 다르고 유사성을 지닌 관계가 아니기 때문에 이 유비적 병치는 엉뚱해 보인다. 하지만 "친구는, 내려오는 친구는/저렇게 하얗고 속절없이 많아도"로 이어지는 곡진한 리듬에 몸을 맡기고 있는 동안, 우리는 문득 눈과 친구를 한몸으로 느껴버린다. "호랑이 한 마리 나타나 울부짖으면/내린 눈들이 화들짝 놀라/하늘 속으로 눈 내리러/다시 올라갈 것만 같았다"는 동화적 상상력은 저 내리는 눈에서 죽은 친구에 이르는 길을 부드럽게 이어준다. 이 경우 그의 유비는 유사성과 같은 시적 합리성을 가볍게 뛰어넘어 전혀 관계없는 것들을 잇내어 의미를 길어 올리는 능력을 보여준다. 마지막 연의, “눈을 뭉치며 달아나는 친구의 뒤통수”를 떠올리면서 우리는, 눈을 친구에 빗대놓은 이 이상한 유비가 어디에서 시작되었는지를 깨닫게 된다. 애초에 이 유비는 유사성 따위가 아니라 기억 속의 부드럽고 구체적인 풍경 속에서 이미 하나의 몸을 이루고 있었던 것이다.

이것은, 굳이 이름을 붙이자면, ‘공존의 유비’이다. 이 유비는 하나의 사물에 다른 사물을 덮어씌워 의미를 전하려 하기보다는, 마음 안에서 이미 깊이 이어져 있는 사물과 사물의 ‘사이’로, 그저 스며든다. 독자들은 날카로운 단절과 비약을 통해 의미를 대면하는 것이 아니라, 그저 곁에 있기 때문이라는 듯, 자연스럽게 의미들이 이룩하는 풍경을 관람하는 것이다.

죽음과 허공

밀도 있는 서정의 화법은 여전하지만, 첫 시집에서 드물지 않게 나타나던 ‘광인(狂人)’의 목소리는 이제 거의 보이지 않는다. 그 자리에는 속 깊은 괴로움을 안고 있는 실직자와 가난한 가장(家長)의 그림자가 드리워져 있다. 그런데 이 그림자는 그의 괴로움이 무색할 만큼 따뜻한 유머의 세례를 받고 있다. 이제 생애의 불우는 허허로울지

언정 비극적이지는 않은 것 같다. 아니, 더 이상은 비극적일 수 없는 것인지도 모른다. 첫 시집의 뜨거운 어조에서는 보기 어려웠던 속 깊은 미소가 이 시집에는 있다.

> 홍매화는/차라리 새를 괴롭히듯/산까치 머리에 쇠뿔로 피어/누구든 들이받는 꽃이고 싶은데
>
> —「흐린 날의 花鳥圖」 부분

> 비치볼은 다시 팽팽한 살결로 돌아간다/보이지 않는 것들로도 배가 부른 모양이다/사내는 붉은 얼굴을 거울에 비춰 보며 비치볼의,/공기의 어미라도 된 기분이다 男子가 아닌/여자가 아닌 공기의 母親이 돼 괜히 우쭐대고 싶어진다/〔……〕/팽팽해진 비치볼의 배꼽을 눌러 감춰준 뒤/거기 身幹이 편해진 곰이 두 발로 서서/웃고 있는 모습을 가만히 들여다본다
>
> —「배꼽에 관하여」 부분

> 아득한 虎患조차 그리운 날엔/하늘이 호랑이 꼬리를 살살 흔들어/진눈깨비가 날리기도 했다
>
> —「약간의 꽃」 부분

산까치 머리에 쇠뿔로 피어나고 싶은 홍매화는 물론 산까치의 적이 아니다. 홍매화와 산까치는 하나의 풍경 안에서 애면글면 공존한다. 비치볼에 그려진 곰이 공기를

일어 팽팽해져 두 발로 서는 모습이나, 하늘이 호랑이 꼬리를 흔들어 진눈깨비 날리는 풍경 역시 흐릿한 웃음을 자아낸다. 유머는 이 시집의 도처에서 삶과 만상을 넉넉하게 이어준다.

그런데 이 미묘한 웃음들은 어디서 기원하는 것일까. 어떤 광기, 혹은 어떤 격렬함이 지나간 뒤, 조금 여유로워진 시선이 미소를 짓게 만드는 것일까. 꼭 그렇지는 않은 것 같다. 이 시집은 여전히 모종의 어두운 세계를 제 안에 담고 있다. 슬픔과 그리움과 웃음과 따뜻함과 사랑과 또 모든 것이 잇닿아 한 인간의 생애를 이룰 때, 이 생애를 지배하는 것은, 어쩔 수 없이 단 하나이면서 모든 것인, 죽음이다. 죽음은 여전하다. 슬픔과 그리움과 웃음과 따뜻함과 사랑의 너머에서, 혹은 이면에서, 이 모든 것을 물끄러미 바라보고 있는 것. 이 시집에 출몰하는 죽음은 격렬하게 삶을 지배하지 않으며, 다만 삶의 이면에서 삶과 동거 중이다. 때로 죽음은 낄낄거리며 삶과 노닥거린다. 시인은 죽음을 밀어내지 않고, 그저 그것과 장난을 치고 싶은 것 같다.

언제부터 해가 조금씩 길어지고 그가/떠나는 길목은 제자리였다/떠돌다 한 자리에 묻히는 사람들 앞에/한 자리에만 죽도록 머물다 생강으로 흘러가는 그가/마지막까지 희고 희었다 남몰래 뭘 먹었나/아무리 부른 뱃속을 찔러봐도 그는 허허 웃기만 했다/늦겨울 햇살만 온몸으로 먹고/죽은 사람들 다시 썩을 때,/희고 흰 사람, 그는 녹았다/허공에 허공을 주었다 —「눈사람傳」 부분

유리가 번들거리는 큰길의 장의차가/해맑게 클랙슨을 울려댄다//〔……〕//죽으러 가자, 더 죽으러 가야겠다!/아직 죽음이 싱싱한 사람들, 바삐바삐 버스에 오르고

—「행진곡」 부분

네 살배기 딸애, 제가 돌 갓 지나 방바닥을 기어다니던 때의 사진을 집어들고 묻는다 이게 누구야, 연거푸 묻는다 자기더러 자기가 누구냐고 묻길래 너야, 네가 더 어렸을 적 사진이야 하면 자꾸 아니야, 동생이야 동생! 하고 막무가내 가르쳐준다 제 기억을 묻고 자라는 아이에게 그럴까 그럴 수도 있지 오래전 나는 나의 어린 동생이기도 했지//〔……〕 참, 흘러간다 동생들아 여기 大兄인 모래 한 줌이 놀이터 다녀온 어린 신발 속에 잠들어 있구나

—「동생들」 부분

저 죽음들은 무겁지 않다. 죽음은 "즐겁게 썩어가고," 죽음은 "해맑게 클랙슨을 울려댄다." 또 죽음은 한 알의 모래가 되어 어린 딸애의 신발 속에 잠들어 있다. 죽음은 삶의 "大兄"이지만, 그것은 삶을 억압하는 권력자의 이름

이 아니다. 그저 그럴 뿐이라는 듯, 삶과 죽음은 서로를 밀어내지 않고 쓸쓸히 만상에 잠겨 있는 것이다. 죽음은 비극을 생산하지 않고, 차라리 부드러운 웃음을 통해 삶에 스며든다. 삶은 애초부터 곧 녹아버릴 것이었으므로 삶과 죽음, 있음과 없음은 끝내 분별되지 않는다. 삶은 "죽음이 싱싱한" 상태일 뿐이다. 이 지점에서 저 낮고 간곡한 유머의 어법은 하나의 '세계관'이 된다. 그것은 세계를 바라보는 형식이자 내용이기 때문이다. 미소를 띤 채 죽음과, 또 허공과 대면하고 있는 한 사내의 초상.

聖과 俗, 그리고 사랑

그러므로 삶과 죽음의 유려한 소묘는 속악함과 성스러움의 표상을 가져온다. 그것들은 삶과 죽음과 마찬가지로 서로를 분별하지 않는다. 성과 속이 한 몸으로 어우러지는 풍경은 다음과 같은 구절을 낳는다.

> 오래된 욕실 천장 모서리의/합판에 박혀 있는 작은 못 한 개,/못대가리가 흐려지듯/녹물을 지리고 있다//〔……〕//천장에 박혀 있는 작은 못 하나!/끝내 떨어지지 않게, 떨어져서는 안 되는/합판이 천장이 아닌 바닥이 되게/못은 헐거워지는 제 아랫도리로 자꾸/쓰린 녹물을 흘려 메웠던 게 아

닐까//양팔을 내려 박힌 십자가 끝이/자꾸 흐려 보인다

—「어떤 피」 부분

손바닥선인장엔/골고다의 예수보다 훨씬 많은/바늘 같은 못들이 손에 박혀 있다//떨어져버리는 잎새들의 환란을/저처럼 작고 뾰족하게 벼려놓았다 —「가시」 부분

성과 속의 경계를 허무는 시편들은 많다. 하지만 저렇게 사소한 사물에 침투하여 성과 속의 경계들을 흔적 없이 지워내는 솜씨는 그리 흔한 것이 아니다. 욕실 합판에 박혀 있는 작은 못에서 성스러운 "피"를 불러내고, 작은 손바닥선인장의 가시들을 그리스도의 손바닥에 박힌 못들로 호명한다. 환란의 생을 견디는 이미지들은 사소한 것과 숭고한 것, 속된 것과 성스러운 것의 경계에서 적요하게 피고 진다. 궁극적으로 성과 속은 일여(一如)이다.

어느 상상 못할 커다란 머위 잎새 위에/하느님과 간통하고 있는 사마귀!/부처의 머리 속에 빨대를 꽂고 있는/늑대거미! 마호멧의 똥구멍에다/제 휘어진 성기를 넣는 검은 전갈! —「밥상」 부분

신축 성당 화장실의 冬柏나무 화분이/서리 낀 창문 밖을 내다본다//하느님도 이승의 뒷간에서 똥 누고 기일게/물

내리는 소릴 들을 때가 좋았어 하늘엔/구린 뒷맛이 없으니, 하늘엔/화장지처럼 고운 살결 가진 종이도/물론 없을 거야//〔……〕//내 이마, 유리창에 부딪는 동박새처럼/저 십자가 가만히 피 흘리는 한 분의 이마에도/이천 년 전의 冬柏이 아직도 흐르고 있다

—「화장실의 동백나무」 부분

「밥상」에 나오는 저 지옥도의 이미지는 불경하다기보다는 차라리 우스꽝스럽다. 하느님과 부처와 마호멧이 한꺼번에 호출되어 능멸을 당하지만, 이 불경은 하느님과 부처와 마호멧에 대한 불경이 아니다. 저 신성한 이름들은 여름날의 밥상머리에 우리와 겸상을 하고 앉아 경과 불경, 성과 속을 더불어 넘어설 것이기 때문이다. 그러니까 시인에게 정말 성스러운 것은 성당 첨탑의 십자가가 아니라 화장실의 동백 화분이다. 성과 속이 한 몸으로 어우러지는 이곳에서는 "하느님도 이승의 뒷간에서 똥 누고 기일게" 물 내릴 때가 좋은 것이다.

이 시집은 어떤 의미에서 미묘한 균형 감각을 보여준다. 비극을 말하되 비관에 빠지지 않고, 허무를 말하되 허망하지 않다. 성스러움을 뒤집지만 그것의 영광을 아예 박탈하지 않고, 자연의 비의를 말하면서 인간의 문명을 거기에 대립시키지 않는다. 그의 「交友錄」은 궁극적으로 만상의 교우록인 것이어서, 자연과 인간, 삶과 죽음, 성과

속은 서로 격렬히 싸우다가 종내는 쓸쓸한 자세로 등을 기대고 앉는다.

이 모든 것을 가능하게 하는 것은 결국 사랑이라는 지극히 흔한 마음일지도 모른다. 어쩌면 이 시집의 언어들은 언어라는 옷을 벗어버리고, 그저 저 사랑의 마음이 되어버리고 싶은지도 모른다. 지금 나는, 아래 옮겨 적은 시에 나오는 아이의 행동을 가만히 떠올리고 있다. 그가 시를 쓰는 일이 아마 저러할 것이다.

아이는 거미줄처럼 침을 묻혀서
부드러운 먹이처럼 만들려 한다 이내
책장을 찢고 뜯어낸다 뜯어서 방 안의
답답한 공기에게도 주고 먼지와 머리카락에게도
준다 그냥 내버려둔다 글자란 글자들은
모두 사생아처럼 버려지고 처음부터 없는
글자들은 아무것도 품은 게 없다는 듯

〔……〕

눈을 버린 아이가 사랑을 더듬고 있다.

—「어떤 독서」 부분 ▨